EVA EICH

ESCAPE ROOM

PATIENT 13

Adventskalender zum Aufschneiden

STOPP!!!

Bevor du in dieses Abenteuer startest, solltest du wissen, auf was du dich einlässt ... Auf jeder Doppelseite erwartet dich ein neues Kapitel der spannenden Geschichte und ein neues Geheimnis. Aber dieser Thriller ist kein normales Buch, bei dem du eine Seite nach der anderen umblätterst. Nur wenn du es schaffst, das aktuelle Rätsel zu lösen, erfährst du, an welcher Stelle im Buch du weiterlesen darfst.

Dazu werden dir mehrere Antwortmöglichkeiten angeboten. Zu jeder Option siehst du einen kleinen Bildausschnitt oder ein kleines Detail. Doch nur bei der richtigen Antwort steht ein Bild, das du genau so auch tatsächlich auf den Zwischenseiten des Buches entdecken kannst.

So kannst du nicht aus Versehen eine falsche Seite öffnen.
Also keine Sorge, falls du mal nicht gleich auf die Lösung kommst! Mit scharfem Entdeckerblick bleibst du auf dem richtigen Weg.

Hinweise und Zusatzmaterial findest du auf der Website https://www.arsedition.de/escape-room

Finde die richtige Antwort – entdecke den Bildausschnitt – öffne die Folgeseite.

→ NOCH EIN BEISPIEL

DAS HIER IST ...

1. **Ein Reiseführer**
2. **Ein Telefonbuch**
3. **Ein Escape-Adventskalender**

1

2

3

Los geht's! Öffne gleich diese Seite! →

1. DEZEMBER

Als Dorian die Augen aufschlug, sah er nicht viel mehr als eine weiße Decke und kahle Wände. Draußen flatterte ein schwarzer Schatten vorbei, vermutlich eine Amsel oder eine Taube. Dorian blinzelte, das kalte Licht des Dezembertags überforderte ihn. Er wartete ein paar Sekunden ab, dann öffnete er seine Augen erneut. Seine Lider schienen Tonnen zu wiegen. Er musste seinen ganzen Willen aufbringen, um sie nach oben zu zwingen.

Als sein Blick sich weitete, erkannte er weitere Details: hellgrüne Stoffvorhänge, ein hoher Nachttisch aus Metall und ein Gestell mit Haltegriff über dem Bett, in dem er lag. Es schien ein Krankenhausbett zu sein.

Jetzt registrierte er auch den typischen aseptischen Geruch. Und genauso verspätet, wie seine Nase ihren Dienst aufgenommen hatte, schaltete nun auch sein Gehirn wieder in den ersten Gang. Wo genau befand er sich? Wie war sein Name? Und noch wichtiger: Warum war er hier?

Zum ersten Mal nahm er seinen Körper wahr. Er schien nicht verletzt zu sein. Er spürte nur einen leichten Druck im Hinterkopf, als ob sich dort zu viel Dampf angestaut hätte.

Als er sich gerade mühsam aufrichtete, hörte er plötzlich eine Stimme. Ein leises, stetiges Murmeln.

Dorian drehte langsam den Kopf zur Seite und entdeckte ein zweites Bett. Darin lag ein kahlköpfiger Mann, der an die Decke starrte und unablässig die Lippen bewegte. Doch die Worte waren zu leise, als dass Dorian sie verstehen konnte.

Ein Schauer lief ihm über den Rücken: Die Hände des Mannes waren mit ledernen Riemen am Bett fixiert.

Reflexartig hob Dorian seinen rechten Arm, kein Widerstand. Er befand sich offensichtlich in einer besseren Lage als sein Zimmergenosse, konnte sich eines Anflugs von Panik aber nicht erwehren.

Obwohl sein Mund sich anfühlte wie die Wüste Gobi und seine Zunge am Gaumen klebte, wandte Dorian sich an den Glatzkopf: „Geht es Ihnen gut?"

Der Fremde hatte ihn offensichtlich nicht gehört – oder wollte ihn nicht hören. Doch nach ein paar Sekunden bewegten sich die Augen des Mannes und blieben an Dorian hängen.

Das Murmeln des Glatzkopfes wurde schneller. Und lauter. Ein Satz, den der Mann immer wieder unablässig wiederholte: „Nur wer sich noch selbst in die Augen sehen kann, wird die Wahrheit erkennen … Nur wer sich noch selbst in die Augen sehen kann, wird die Wahrheit erkennen …" Ohne den Blick abzuwenden, begann der Mann plötzlich zu rufen und schließlich zu schreien. Seine Arme rissen an den starken Riemen, und Dorian war nun plötzlich froh, dass sie den Kahlköpfigen gefangen hielten.

„Beruhigen Sie sich doch! Soll ich Hilfe holen?", versuchte er es. Doch das brachte den Mann nur umso mehr in Rage.

In diesem Moment schwang die Tür auf, und ein Mann mit grau melierten Haaren in einem weißen Kittel und ein kräftiger Pfleger kamen herein. Ohne ein weiteres Wort traten sie an den rasenden Patienten heran. Der Arzt hielt eine Spritze in der Hand. Während der Pfleger den Glatzkopf auf das Bett drückte, versenkte der Arzt die Nadel im Arm des Mannes, der sich daraufhin noch einmal aufbäumte und versuchte, Dorian mit seinem Blick zu fixieren.

„Dorian, finde Patient 13! Aber vertraue niemandem!“ Dann flackerten seine Augen, bevor er in sich zusammensackte und leblos im Bett lag. Noch ehe Dorian dem Arzt eine Frage stellen konnte, hatten dieser und der Pfleger bereits wieder das Zimmer verlassen und Dorian blieb allein zurück mit dem Kahlköpfigen und der plötzlichen Stille.

Er hatte keine Ahnung, warum er in diesem Krankenhaus war und was der Typ neben ihm gemeint haben könnte, aber wenigstens wusste er wieder, wie er hieß: Dorian. Dorian Roth. Er war 25 Jahre alt, nach einer dreijährigen On-Off-Beziehung seit 15 Monaten wieder Single und vor einem Jahr hatte er die Ausbildung zum Polizeikommissar abgeschlossen. Und der Polizist in ihm war es auch, der in seinem Kopf immer wieder den Satz des Kahlkopfes abspielte.

Wer war Patient 13? War die Warnung nur wirres Gerede gewesen oder steckte doch mehr dahinter? Und was konnte er gemeint haben mit der Aussage: Nur wer sich noch selbst in die Augen sehen kann, wird die Wahrheit erkennen?

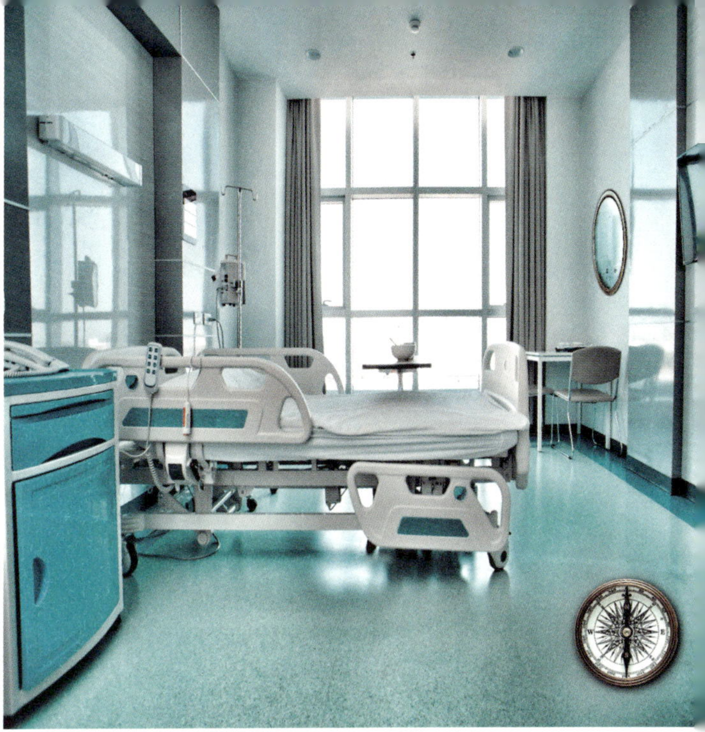

WO KÖNNTE DORIAN EINEN HINWEIS FINDEN, WENN ER DEM GLATZKOPF GLAUBEN SCHENKT?

1. **Im nördlichen Teil des Zimmers**
2. **Im westlichen Teil des Zimmers**
3. **Im östlichen Teil des Zimmers**

1

2

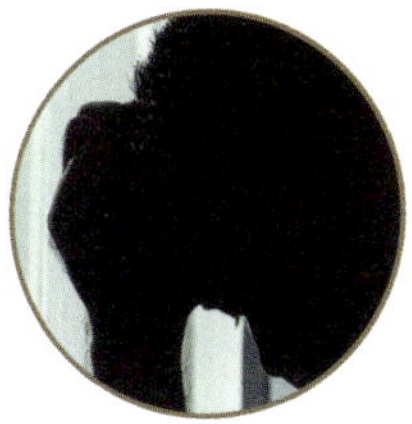

3

Dorian grübelte, er hatte den Zettel hinter dem Spiegel gefunden, also lag dort eventuell auch die Lösung.

In Gedanken spiegelte er die rätselhaften Buchstaben, und da erschien es: Suche Insasse stumm, wenn du dort bist, untersuche bild. Er musste also einen anderen Insassen dieser Anstalt finden. Sein Zimmergenosse schied schon mal aus, der hatte eindeutig reden können.

Aber was hatte das alles überhaupt zu bedeuten? Wer zur Hölle war Patient 13? Hatte er tatsächlich einen Nervenzusammenbruch gehabt? Oder war er einer heißen Sache auf der Spur gewesen? Er beschloss, dass er sich vorerst bedeckt halten und nach weiteren Hinweisen suchen würde, bis er die Situation besser einschätzen konnte.

In diesem Moment erschien eine ältere Frau in der Tür. Ihr strenger, grauer Dutt zog die Haare so fest nach hinten, dass ihr Gesicht trotz des fortgeschrittenen Alters beinahe faltenlos erschien. Sie sah ihn aus wässrig blauen Augen an und bemerkte ohne das geringste Lächeln: „Hier, frische Kleider."

Sie hielt ihm eine blaue Stoffhose und ein passendes Oberteil hin. Bevor Dorian ihr das sorgsam gefaltete Kleiderbündel abnahm, konnte er einen Blick auf ihr Namensschild erhaschen.

„Vielen Dank, Schwester Elisabeth", versuchte er es, doch die Pflegerin brummte nur: „Mittagessen in fünf Minuten, im großen Saal am Ende des Flurs."

Im großen Saal, der sich als einfacher Aufenthaltsraum entpuppte, standen bereits Teller auf den mit Tannenzweigen geschmückten Tischen, und mehrere Menschen in ebenso blauen Kleidern, wie er sie trug, hatten sich dort versammelt.

Als er auf die Gruppe zuging, versuchte er unauffällig, die Gesichter der Patienten zu scannen und sich einen ersten Eindruck zu verschaffen. Das tat er immer, wenn er unbekanntes Gelände betrat. Doch noch bevor er sich entscheiden konnte, welche Gruppe ihm Informationen zu seinem möglichen Undercovereinsatz liefern konnte, betrat ein weiterer Mann mit breitem Lächeln den Raum. Seine pechschwarzen Haare schauten unter einer roten Zipfelmütze hervor, die Haut war so braun wie seine ledernen Slipper, und er trug einen roten Pullover über der blauen Patientenkluft. Er hatte einen gemütlichen Gang, den man sonst eher bei älteren oder etwas kräftigeren Menschen zu sehen bekam, obwohl dieser Mann höchstens dreißig und schlank war.

„Ho, ho, ho!", rief er fröhlich. „Seid ihr alle auch schön artig gewesen? Hier kommt Tarek, euer Weihnachtsmann!"

„So artig, dass du mich am Arsch lecken kannst!", antwortete ein Typ mit schmierigem blondem Haar, Stiernacken und Armen und Beinen, die dick wie Baumstämme waren. Er riss dem Mann die Mütze vom Kopf und wedelte dann damit vor seiner Nase herum.

„Hol sie dir doch, du Irrer!", forderte er mit einem fiesen Grinsen, und als Tarek danach greifen wollte, zog er sie im letzten Augenblick weg und riss den Armen stattdessen zu Boden. „Was soll das?", fragte Dorian und stellte sich zwischen die beiden.

„Ich würde mal sagen, das geht dich gar nichts an, Neuer." Verächtlich stieß der Blonde Dorian mit der Hand zur Seite. Wieder einmal verfluchte Dorian innerlich seine Statur. Er war zwar ziemlich sportlich, doch im Vergleich zu den meisten seiner Polizeikollegen fehlten ihm einfach ein paar Kilo auf den Rippen und ein paar Zentimeter an den Schultern.

Aber es war mit Sicherheit ohnehin nicht ratsam, direkt Streit zu suchen, und so half er stattdessen dem rot gekleideten Mann vom Boden auf.

„Danke, dass du dich für mich gegen das Beil eingesetzt hast!" „Das Beil?", fragte Dorian. „Ja, Ortwin Beilmann, ein Soziopath und Vollidiot. Der Arme war schon als Heranwachsender nie auf meiner Liste der braven Kinder." Als Dorian ihn nur fragend ansah, flüsterte Tarek verschwörerisch: „Keine Sorge, ich weiß natürlich, dass ich nicht der echte Weihnachtsmann bin, sondern nur sein Stellvertreter. Immer wenn er nicht kann, springe ich ein." „Okay ...", murmelte Dorian und wagte es dann zu fragen: „Du weißt nicht zufällig, ob es hier auch einen Patienten gibt, der seine Stimme verloren hat?"

„Ach, du meinst bestimmt Claire? Stumm wie ein Fisch, die Kleine, sie ist allerdings in einem gesonderten Trakt, keine Ahnung, wo ihr Zimmer liegt ..."

Als Tarek Dorians enttäuschte Miene bemerkte, hob er den Zeigefinger und fügte lächelnd hinzu: „Aber der Weihnachtsmann weiß natürlich, wie er deinen Wunsch erfüllen kann! Sophie das Mädchen, das da drüben auf dem großen Block herumrechnet, hat ein Faible für Zahlen. Sie kennt die Zimmernummer jedes Patienten. Sie weiß bestimmt, wo Claire zu finden ist ..." Er verstummte kurz. „Ich vermute allerdings, es wird nicht ganz so einfach, eine Antwort von ihr zu bekommen, aber wir versuchen es!"

Nachdem Tarek Sophie nach der Zimmernummer gefragt hatte, hatte diese nur kurz innegehalten und dann angefangen, etwas auf den großen Block vor ihr zu zeichnen.

„Da hast du deine Nummer", meinte Tarek. „Du musst nur so verquer denken wie Sophie, dann bekommst du sie auch raus ..."

WELCHE ZIMMERNUMMER HAT CLAIRE?

1 150 2 208 3 264

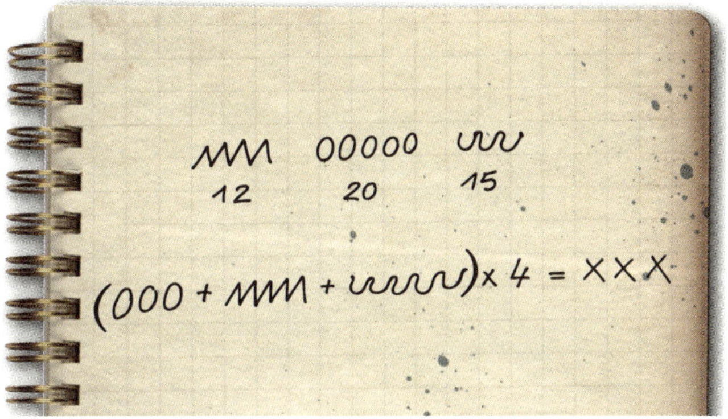

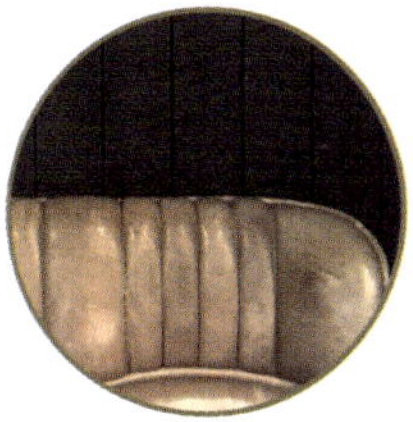

1

2

3

Die Papierschnipsel auf ihrem Bett. Die, die sie vor lauter Nervosität aus dem Essensplan gerissen und dann gedankenverloren verstreut hatte. Sie lagen noch ganz genauso da wie in dem Moment, als er sie am Abend besucht hatte. Claire hatte dieses Bett in der Nacht nicht benutzt.

Unwillkürlich ballte er die Hände zu Fäusten. Hatte ihr Verfolger sie erwischt? Was war mit ihr passiert und wo war sie jetzt?
Wenn er ihr helfen wollte, musste er endlich in Erfahrung bringen, was wirklich in dieser Klinik vor sich ging. Er brauchte Beweise.

Es gab vielleicht eine Chance, auch wenn sie sehr klein war. Aber Dorian hatte keine Wahl: Er brauchte die Hilfe des Weihnachtsmanns.

Zurück in seinem Trakt suchte er nach Tarek und fand ihn, dank des roten Pullovers, sehr schnell, wie er über ein großes, schweres Buch gebeugt im Aufenthaltsraum saß. „Was studierst du denn so angestrengt?", wollte Dorian wissen.

„Na, was glaubst du wohl, einen Tag vor Weihnachten? Ich kontrolliere die Liste der artigen Kinder!"

So unauffällig wie möglich beugte Dorian sich ein Stück vor, um einen Blick auf den Inhalt des Buches zu werfen. Es war ein dickes Lexikon, das – wie seine anderen Artgenossen – seit Google und Co. in den Regalen verstaubte.

„Steh ich da auch drin?", fragte Dorian unschuldig. Tarek sah ihn mit zusammengekniffenen Augen an: „Humbug! Ich sagte doch, dass es das Buch für die Kinder ist. Ich würde sagen, aus dem Alter bist du schon ein paar Jahre raus, oder?" Ein Lächeln umspielte seine Lippen.

Dorian setzte sich zu ihm. „Meinst du, ich könnte mir trotzdem etwas von dir wünschen?" Jetzt gingen Tareks Augenbrauen nach oben, woraufhin Dorian seine Stimme senkte und ihm fest in die Augen sah. „Ich glaube, eine Freundin von mir braucht dringend Hilfe. Aber dazu muss ich in das Büro von Professor Wiedemann einsteigen. Hast du zufällig eine Ahnung, wie ich das anstellen könnte?" Der Weihnachtsmann rieb sich den nichtvorhandenen Bart. „Diese Freundin von dir, steckt sie etwa in Schwierigkeiten?" „Ja, ich befürchte schon. Es könnte sogar um Leben und Tod gehen."

„Hmm ... so, so ...", brummte Tarek. „Das Büro des Professors ist natürlich gesichert. Da kommt man nicht so einfach rein ..." Tareks Stimme blieb oben, so als ob sein Satz noch nicht beendet wäre. „Aber ...?", fragte Dorian hoffnungsvoll.

„Aber jemand mit ein bisschen Erfahrung im Schlösserknacken könnte dir natürlich helfen, deinen Wunsch zu erfüllen." Tarek grinste breit, und Dorian wähnte sich bereits am Ziel. Doch da warf der Weihnachtsmann ein: „Natürlich wäre das keine artige Tat. Da könnte ich richtig Ärger mit den Wichteln bekommen. Schließlich muss ich den Kindern doch ein Vorbild sein."

Dorian raufte sich die Haare. „Aber manchmal muss man etwas Schlechtes tun, um etwas Gutes zu bewirken!", versuchte er Tarek zu überzeugen.

„Ja, ja ..." Tarek erhob wieder den Zeigefinger, ein deutliches Zeichen, dass nun wieder ein Zitat aus der *Weihnachtsgeschichte* folgen würde. „Keine noch so lange Reue kann die versäumten Gelegenheiten eines Lebens aufwiegen ... Trotzdem kann ich das nicht so ohne Weiteres machen. Ich lasse den Geist der Weihnacht entscheiden!"

„Was soll das denn bedeuten?", fragte Dorian. „Ich werde dir noch mal ein weihnachtliches Rätsel stellen. Wenn du den wahren Geist der Weihnacht in dir trägst, wirst du es lösen können. Dann weiß ich, dass es richtig ist, dir zu helfen."

„Das ist nicht dein Ernst, oder?" Dorian sah ihn fassungslos an. Doch Tarek schlug nur sein dickes Buch zu und zauberte einen Zettel aus den Tiefen seiner roten Hosentaschen, den er Dorian überreichte.

„Weißt du, welches Lied ich von dir hören möchte?"

WELCHES LIED MUSS DORIAN SINGEN, UM TAREK ZU ÜBERZEUGEN?

1. Morgen kommt der Weihnachtsmann
2. Alle Jahre wieder
3. Stille Nacht

Wenn er da ist, sind wir wehrlos,
aber wenn er nicht kommt,
verlieren wir unsere Kraft.

Die Mitte vom Sinn.

Das Gegenteil von erdiger.

In ihr liegt die Kraft,
doch lass den letzten fahren.

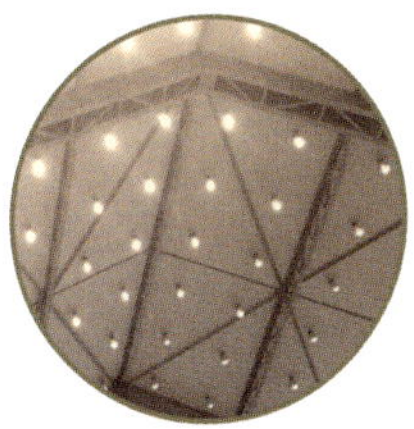

1

2

3

Da sein Gehirn immer noch in einer Art Suppe umherzuschwimmen schien, fiel es Dorian schwer, sich auf die Bilder zu konzentrieren. Doch sein Verstand arbeitete zum Glück ohne größeres Zutun von ihm und er erkannte, dass in jedem der Fotos eine oder mehrere Zahlen versteckt waren. Bei dem Mann mit dem Fußballtrikot zum Beispiel die 9. Also zählte er von Alvin Munk den 9. Buchstaben ab und erhielt somit ein K, aus dem Auto-Foto ein E und bei der Weinprobe LLER. Also KELLER.

Es klopfte an der Tür und Doktor Marx steckte ihren lockigen Kopf herein. Die markanten Augenbrauen leicht erhoben, fragte sie: „Geht es Ihnen wieder besser, Herr Harbarth?" Und als keine Antwort kam, fuhr sie fort: „Es tut mir leid, dass wir Sie sedieren mussten. So ist eben das Prozedere bei einem Angriff auf das Klinikpersonal." „Angriff", schnaubte Dorian. „Sie wissen doch genauso gut wie ich, dass ich mich nur gewehrt habe. Ich war in keiner Weise aggressiv."

„Ganz, wie Sie meinen", gab die Ärztin in einem übertrieben mütterlichen Ton zurück, der Dorians Blut sofort wieder in Wallungen brachte. Doch er zügelte sein Temperament und fragte stattdessen: „Wissen Sie, ich fühle mich eigentlich wieder sehr gut. Wäre es möglich, die Einrichtung morgen früh zu verlassen?" Doktor Marx lächelte mitleidig. „Das kann ich leider nicht gestatten. Ihr Ausbruch vorhin hat bewiesen, dass Sie dringend ärztliche Unterstützung benötigen. Im Moment wären Sie in diesem Zustand eine Gefahr für sich und andere. Sie werden bis auf Weiteres hierbleiben, bis wir sicher sein können, dass Sie geheilt sind." Sie bemerkte Dorians finsteren Blick und ergänzte: „Versuchen Sie bitte, kooperativ zu sein. Ich würde ungern noch einmal zur Spritze greifen müssen." Ein kurzer Anflug von Panik überkam Dorian. Er war dieser Frau absolut ausgeliefert. Er nickte widerwillig, und Doktor Marx verließ das Zimmer.

Sobald am späteren Abend alle Lichter auf der Station erloschen waren, machte Dorian sich mithilfe der Schlüsselkarte auf den Weg zu Claire. Als er die Tür öffnete, sah er, dass sie nervös den Zettel mit dem wöchentlichen Speiseplan zu Schnipseln verarbeitet hatte und die Papierfetzen jetzt achtlos auf das gemachte Bett warf, bevor sie sich erschrocken umdrehte. Dann erkannte Claire ihren späten Besucher und umarmte Dorian erleichtert.

Alles okay? Was ist passiert?, schrieb sie. Und Dorian erzählte.

Und du hast keine Ahnung, wer dir den Brief in die Tasche gesteckt haben könnte?, fragte Claire.

Dorian schüttelte den Kopf. „Die Schlüsselkarte deutet auf einen Mitarbeiter hin, aber wer weiß. Schließlich bist du bei mir auch mit so einem Ding aufgetaucht." Claire sah zu Boden. Ihre Finger bearbeiteten nervös die Nägel der jeweils anderen Hand. Ein Tick, den Dorian von seinem Bruder Elias kannte. Vor Prüfungen waren dessen Nägel teilweise sogar blutig gewesen. Eine Art Flucht für die sensible Seele seines Bruders.

Habe ich mir von der alten Elisabeth stibitzt, genauso wie ihre Notiz zum Einlasscode. Er wird jeden Tag geändert, und da ihr Gedächtnis nicht mehr das Beste ist, schreibt sie sich immer eine Erinnerungsnotiz.

„Das klingt, als ob du schon länger hier drin bist ...", fühlte Dorian vorsichtig nach.
Zwei Jahre, drei Monate und fünf Tage.
Dorian sah sie ungläubig an. „Aber wieso? Du erscheinst mir, ehrlich gesagt, relativ normal, wenn man das Sprechen mal außen vor lässt. Und wie kannst du den Luxustrakt über so einen langen Zeitraum überhaupt bezahlen?"

Sie seufzte lautlos. *Mein Vater. Die Beziehung zu ihm ist, gelinde gesagt, schwierig. Er behauptet, dass er nur das Beste für mich will. Aber dafür haben wir jetzt keine Zeit, lass uns lieber nach Kohl suchen. Wer weiß, wann die Marx noch mal nach dir schaut.*

Claire führte ihn im Schutze der Nachtbeleuchtung zu einer großen Stahltür, die sie mit der Schlüsselkarte mühelos öffnen konnten. Dahinter erwartete sie ein schmuckloses Treppenhaus.

Ihre Schritte hallten auf dem glatten Boden, als sie die Stufen hinabstiegen und schließlich das Untergeschoss erreichten. „Sag mal, könnten wir mit dieser Karte nicht einfach die Klinik verlassen?", wollte Dorian wissen, woraufhin Claire eine schnelle Antwort kritzelte: *Leider nein. Es gibt nur einen Ausgang, und der ist Tag und Nacht durch Wachpersonal gesichert.*

„Aber hier scheinen wir auch nicht weiterzukommen", stellte Dorian fest. Die große Tür, die zum Keller führte, reagierte nicht auf ihre Karte. Sie war durch ein Sicherheitsschloss mit PIN gesichert.

Soweit ich weiß, wird dieser Code ebenfalls jeden Tag verändert, aber das Schloss zeigt die letzten drei Passwörter an, vielleicht kommen wir so auf den aktuellen Code.

WELCHER CODE ÖFFNET DAS SCHLOSS?

① 6397 ② 9673 ③ 7639

1

2

3

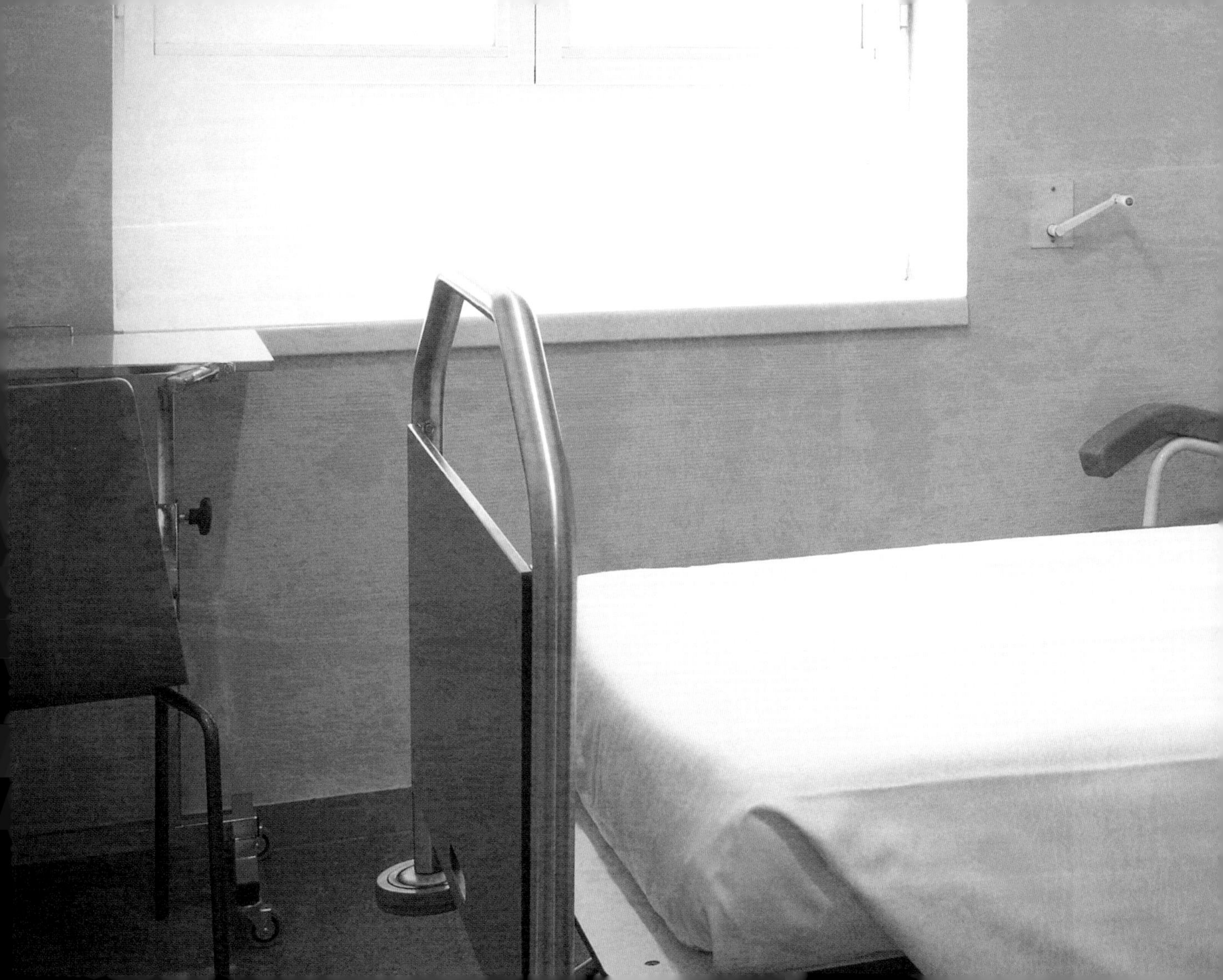

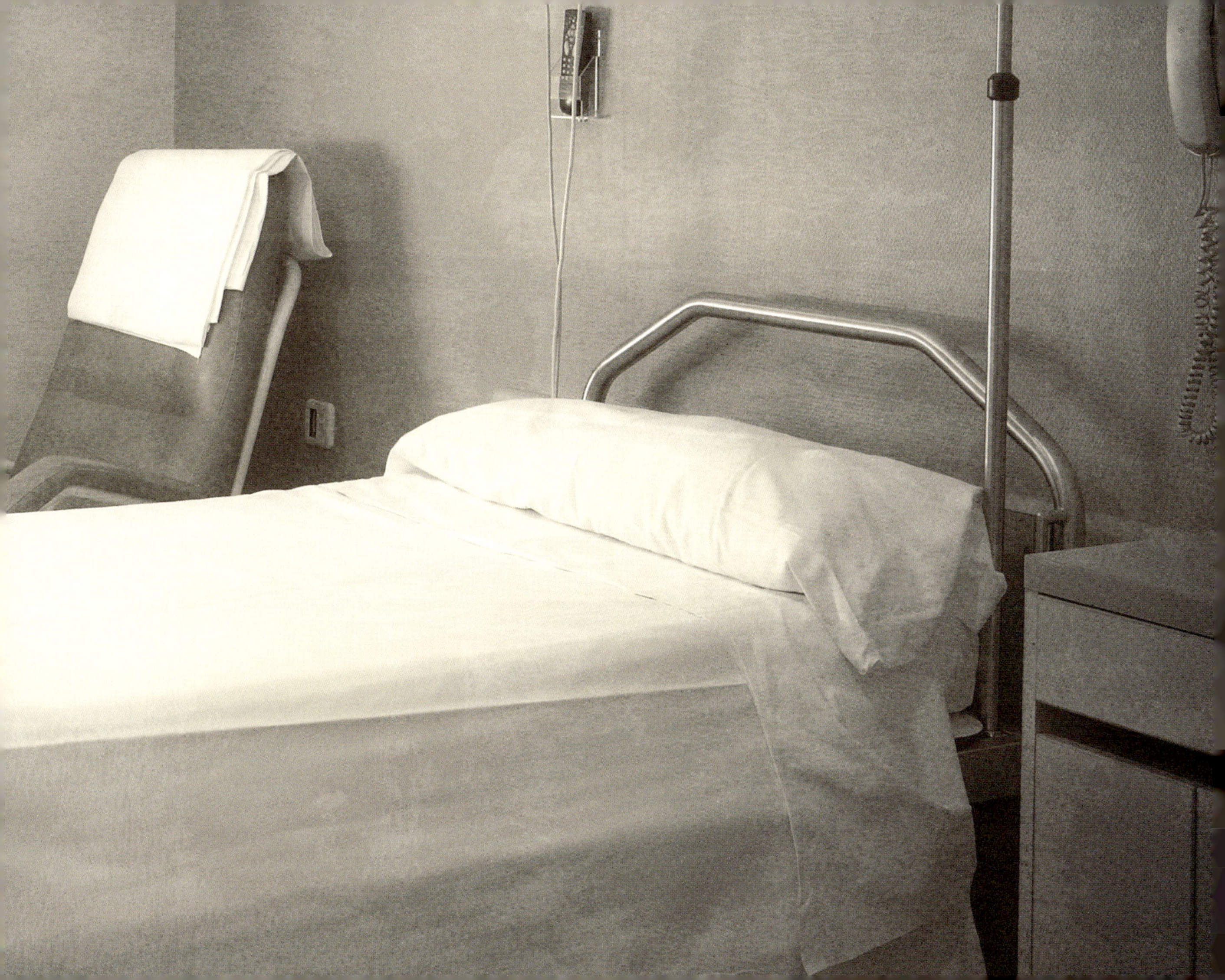

Claire nahm ein Notizbuch von ihrem Nachttisch und schrieb darauf die Worte EL CAFE und B. TUDOR. Dann strich sie alle Buchstaben, die auf dem Zettel fett markiert gewesen waren, also beide E, das C, F, T, U und D. Übrig blieb: LABOR.

Dorian starrte sie entgeistert an. Woraufhin sie erneut den Stift hob und schrieb: *Alles okay, Dorian?* Er stolperte beinahe zurück. Claire kannte ihn! Aber woher?

„Sind wir beide uns schon einmal begegnet?", rutschte ihm die Frage heraus, woraufhin sie irritiert nickte und auf den Block schrieb: *Wir haben uns in den letzten beiden Tagen ziemlich oft gesehen. Seit wir uns beim Yoga kennengelernt haben. Weißt du das nicht mehr?*

Jetzt war Dorian sich beinahe sicher, dass irgendwas nicht stimmen konnte. Er freiwillig beim Yoga? Entweder log Claire, oder es hatte einen bestimmten Grund gegeben, warum er die Yogastunde besucht hatte.

„Ehrlich gesagt kann ich mich an nichts erinnern. Die Ärztin meinte, dass ich wohl einen Nervenzusammenbruch hatte und dass Amnesie da ein völlig normales Symptom sei." Claires Blick verdüsterte sich.

War das diese Doktor Marx?, notierte sie. Und als er nickte, fügte sie hinzu: *Du solltest ihr nicht vertrauen, ich glaube, sie hat nicht immer das Wohl ihrer Patienten im Blick. Vielleicht hat sie irgendetwas mit deinem Gehirn gemacht.*

Dorian lief ein Schauer über den Rücken und er spürte erneut den Druck in seinem Hinterkopf.

Woher hast du überhaupt gewusst, dass du bei mir im Zimmer eine Nachricht finden würdest?, schrieb Claire. Dorian überlegte und entschied dann, dass es keinen großen Unterschied machte, wenn er ihr jetzt auch noch von dem Kahlköpfigen und dem Spiegel erzählte. Claire folgte seinem Bericht konzentriert. *Wir sollten uns ins Labor schleichen und nachsehen, was der Verfasser der geheimen Nachricht uns zeigen wollte.*

„Wir?", fragte Dorian. „Das halte ich für keine gute Idee. Wenn du mit deinen Vermutungen richtig liegst, könnte so ein Ausflug gefährlich werden."

Claire zuckte mit den Schultern und schrieb: *Und wie möchtest du das Labor überhaupt finden? Ich kenne mich hier sehr gut aus! Ich kann dir zeigen, wie wir dahin kommen, ohne dass uns jemand entdeckt.*

Dorian seufzte. Vermutlich war sie tatsächlich seine beste Chance. Allein bei dem Gedanken daran, dass Doktor Marx ihn wieder besuchen würde, verwandelte sich der dumpfe Schmerz in seinem Kopf zu einem drängenden Pochen. Außerdem wirkte Claire nicht so, als ob sie sich die Sache ausreden lassen würde. Obwohl er nicht verstand, warum sie ihn begleiten wollte, nickte er.

Okay, dann treffen wir uns um 23:30 Uhr an deinem Zimmer, im Dunkeln können die Überwachungskameras uns nicht erfassen. Und bis dahin, versuche unauffällig zu bleiben. Gleich kommen die Pfleger vorbei, vielleicht besser, wenn sie dich nicht hier sehen.

Sie schob ihn aus ihrem Zimmer, und er schlich sich, so schnell er konnte, zurück in den großen Saal.

Dorian machte das Warten fast verrückt. Als er einen der Pfleger darum bat, auf seiner Dienststelle oder bei seinen Eltern anrufen zu können, schüttelte der nur den Kopf. Auf der Station herrsche „absolute Kommunikationssperre“. Also blieb Dorian nichts anderes übrig, als den Rest des Tages Doktor Marx so gut es ging aus dem Weg zu gehen und andere Patienten kennenzulernen. Neben Tarek, der sich für den Stellvertreter des Weihnachtsmannes hielt, Sophie, der Autistin, und dem Soziopathen Ortwin Beilmann gab es beinahe jedes Krankheitsbild, von dem Dorian je gelesen oder gehört hatte: zwanghafte Persönlichkeitsstörungen, Borderliner, multiple Persönlichkeiten, Depressive und Maniker.

Dann war es endlich Zeit für die Abendruhe und alle Patienten gingen auf ihre Zimmer.

Dorian fiel auf, dass das Bett neben ihm leer und frisch gemacht war. Keine Spur von dem Kahlköpfigen. Er war froh darüber, so würde er sich unbemerkt herausschleichen können. Doch wie sollte er überhaupt aus dem Zimmer herauskommen? Letztes Mal war die Tür verschlossen gewesen. Er vermutete, dass das die klassische Vorgehensweise in einer geschlossenen Abteilung war, um das Wachpersonal zu entlasten. Da hörte er ein leises Summen, und die Tür öffnete sich. Claire wedelte mit einer Sicherheitskarte vor dem zufrieden grinsenden Gesicht.

Da sie ihm ohnehin nicht antworten konnte, verzichtete er erst mal auf die Frage, wie sie an das Teil gekommen war, und folgte ihr so leise wie möglich durch den mit grünem Nachtlicht spärlich beleuchteten Flur. Es war unheimlich still, und Dorian hatte den Eindruck, dass seine Schritte viel zu viel Lärm verursachten.

Schließlich kamen sie zu einer großen, schweren Tür mit kleinem viereckigem Fenster auf Augenhöhe, die offensichtlich mit einem Codeschloss gesichert war. Claire griff in die Tasche ihrer blauen Stoffhose und fischte einen Zettel hervor, der eine Tabelle mit Zahlen und eine Rechnung zeigte. War hierauf etwa der Code vermerkt?

WELCHER CODE ÖFFNET DIE TÜR ZUM LABOR?

1. 108
2. 27
3. 252

11	5	69	39
5	4	?	10
4	3	9	7

? x 9 =

1

2

3

In die Augen konnte man sich schauen, wenn man mit sich selbst im Reinen war und kein schlechtes Gewissen hatte. Aber was, wenn der Kahlkopf das Ganze wörtlich gemeint hatte? Um sich selbst in die Augen zu sehen, brauchte man einen Spiegel ... Und genau so einer hing an der östlichen Wand des nüchternen Krankenzimmers.

Aber offensichtlich hatte der Typ nicht mehr alle Tassen im Schrank, warum sollte Dorian sein Gerede für bare Münze nehmen? Erschöpft schloss er wieder die Augen und versuchte sich krampfhaft daran zu erinnern, wie zur Hölle er hierhergekommen war.

Doch da war nichts als ein großes schwarzes Loch. Das letzte Ereignis, das er sich ins Gedächtnis rufen konnte, war der Adventsbesuch bei seinen Eltern, am 2. Dezember. Die Stimmung war allerdings alles andere als weihnachtlich gewesen. Er konnte beinahe noch den trockenen Geschmack des Sandgebäcks auf der Zunge spüren, das er sich in den Mund gestopft hatte, um die angespannte Stille zu überbrücken, als er mit seiner Mutter und seinem Vater im Wohnzimmer saß. Seit der Sache mit Arthur lebten die beiden in einer seltsamen Blase aus Anspannung und Erschöpfung. Dorian, der noch nie gut darin gewesen war, Small Talk zu betreiben, hatte sich beinahe erleichtert gefühlt, als er nach Kaffee und Kuchen wieder aufbrechen konnte.

Doch ob er jemals in seiner Wohnung angekommen war, diese Information behielt sein Gehirn hinter einer undurchdringbaren Mauer für sich. Irgendwann hielt Dorian es nicht mehr aus. Er rappelte sich aus dem Krankenbett hoch und ging zur Tür. Sein Kopf dröhnte, aber er unterdrückte den Schmerz und griff nach der Klinke. Verschlossen. Ungläubig rüttelte er am Türgriff, doch da war nichts zu machen.

Er spürte Wut in sich aufsteigen, die von aufkeimender Panik verstärkt wurde. Er versuchte seinen Atem zu beruhigen und ging zum Waschbecken, um sich kaltes Wasser über das Gesicht laufen zu lassen. Vielleicht würde er dann klarer sehen. Doch da erinnerte er sich wieder an den Spruch seines Zimmergenossen. Er warf einen kurzen Seitenblick auf den Glatzkopf, der immer noch völlig reglos im Land der Träume weilte. Dann sah er sich den runden Spiegel genauer an. Ein fein geschnittenes Gesicht mit hoher Stirn und krähenschwarzen, zerzausten Haaren starrte zurück. Er musste dringend zum Friseur, dachte er gerade, doch in diesem Moment blieb sein Blick an einer Unregelmäßigkeit hängen: An einer Seite schien der Spiegel ein wenig von der Wand abzustehen, nur ein paar Millimeter. Dorian suchte das Zimmer nach einem Werkzeug ab. Schließlich fand er eine kleine laminierte Karte, auf der Werbung für eine Reha-Einrichtung gemacht wurde.

Er schob sie seitlich hinter den Spiegel und dann nach unten. Ein kleiner, zusammengefalteter Zettel erschien, den offensichtlich jemand sorgfältig hinter dem Spiegel versteckt hatte.

Gerade als er ihn öffnen wollte, hörte er ein Geräusch an der Tür. Ohne darüber nachzudenken, schloss er seine Faust um das Stück Papier. In diesem Moment betrat eine Ärztin mit blonden Locken den Raum. Ihre Augenbrauen wirkten wie mit Permanent Marker aufgetragen, ihre Lippen waren voll und zeigten ein gleichermaßen attraktives wie professionelles Lächeln. „Schön, dass Sie wieder unter den Lebenden weilen, Herr Harbarth!", sagte sie freundlich. „Wie geht es Ihnen?"

„Ganz okay, schätze ich ...", antwortete Dorian mit leichter Verzögerung. Er war über den fremden Nachnamen gestolpert, mit dem die Ärztin ihn angesprochen hatte. War in seinem Gehirn vielleicht doch mehr zu Bruch gegangen als angenommen? Oder war er in einem Undercovereinsatz unterwegs gewesen? Falls das so sein sollte, durfte er die Mission nicht gefährden. Obwohl alles in ihm drängte, dagegen zu protestieren, dass man ihn wie einen Schwerverbrecher eingesperrt hatte, fragte er stattdessen: „Wo bin ich hier? Und was ist mit mir passiert?“

Die Frau beobachtete ihn einen kurzen Moment lang, dann erklärt sie: „Sie befinden sich im Hospital Seewinkel, in der Akutpsychiatrie. Sie wurden vor drei Tagen mit einem Nervenzusammenbruch hier eingeliefert. Können Sie sich nicht mehr daran erinnern?“ „Ein Nervenzusammenbruch?“, fragte Dorian irritiert. „Keine Sorge, es ist völlig normal, dass es dabei zu vorübergehenden Amnesien kommen kann. Sie sind bei uns genau in den richtigen Händen! Ich bin übrigens Doktor Marx.“

Bevor sie aus dem Zimmer trat, drehte sie sich noch mal kurz um: „Da Sie das vermutlich auch vergessen haben: Falls Sie Ihr Handy suchen sollten, die sind auf der Station nicht gestattet. Bis später!“, flötete sie fröhlich und ließ ihn mit geöffneter Tür zurück.

Etwas ratlos sah Dorian ihr nach.

Erst jetzt dachte er wieder an den Zettel in seiner Faust. Er setzte sich auf sein Bett, entfaltete das kleine Stück Papier und stieß auf winzige Buchstaben. Sie wirkten krakelig, so als ob sie in großer Eile geschrieben worden wären.

WO SOLL ER LAUT DER NACHRICHT HIN?

1. **In die Küche der Klinik**
2. **Zu einem anderen Patienten**
3. **Auf die Terrasse**

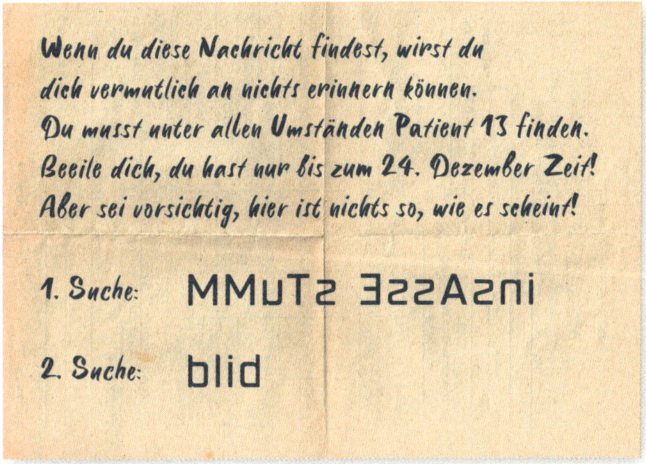
Wenn du diese Nachricht findest, wirst du dich vermutlich an nichts erinnern können.
Du musst unter allen Umständen Patient 13 finden.
Beeile dich, du hast nur bis zum 24. Dezember Zeit!
Aber sei vorsichtig, hier ist nichts so, wie es scheint!

1. Suche: MMuTz 3zzAzni

2. Suche: blid

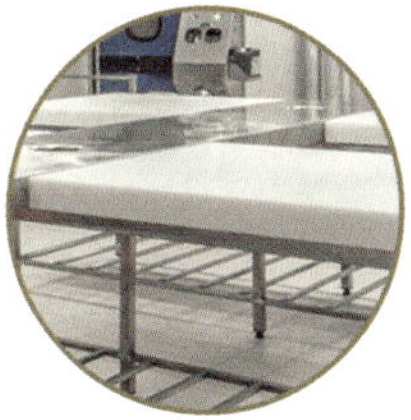
1

2

3

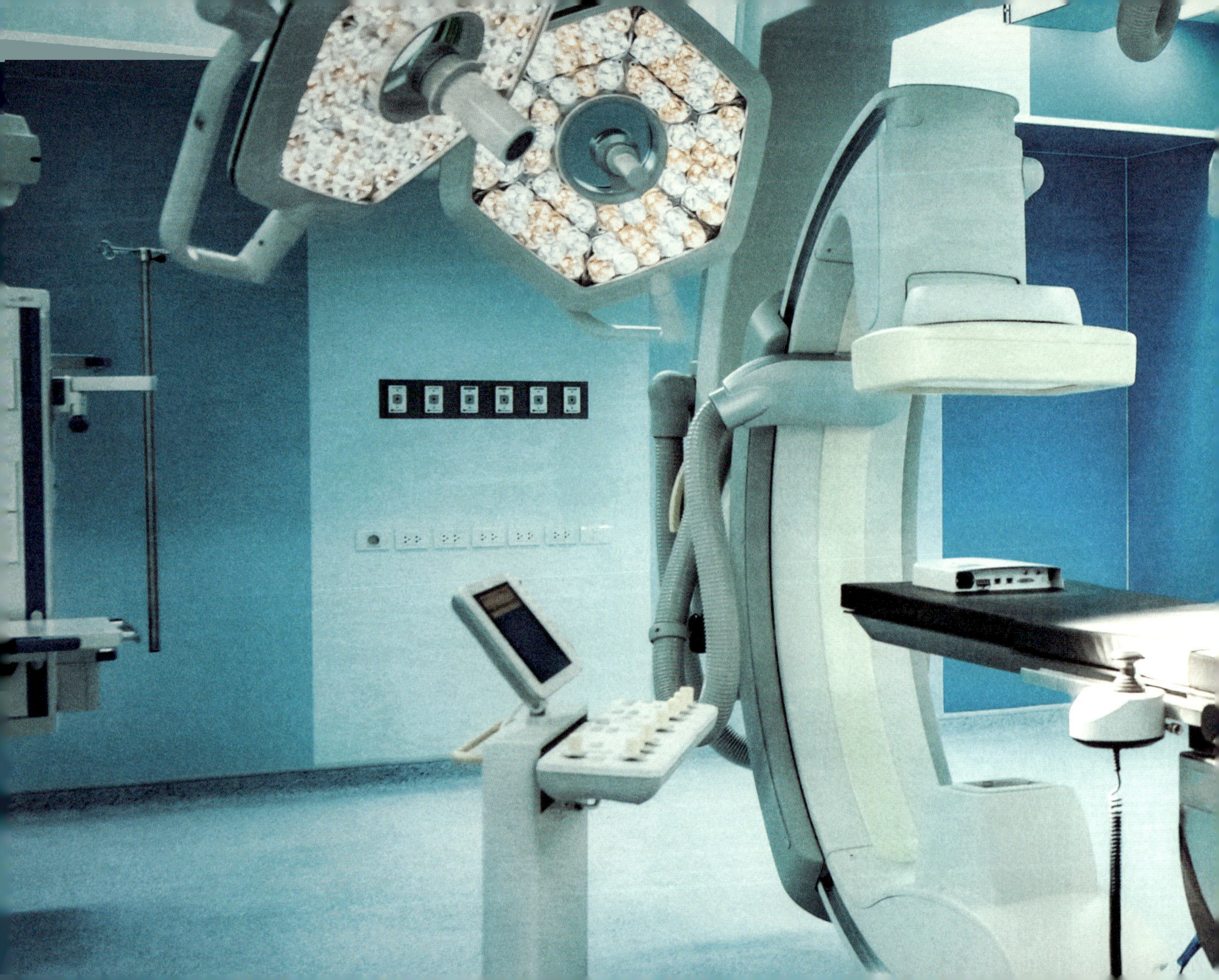

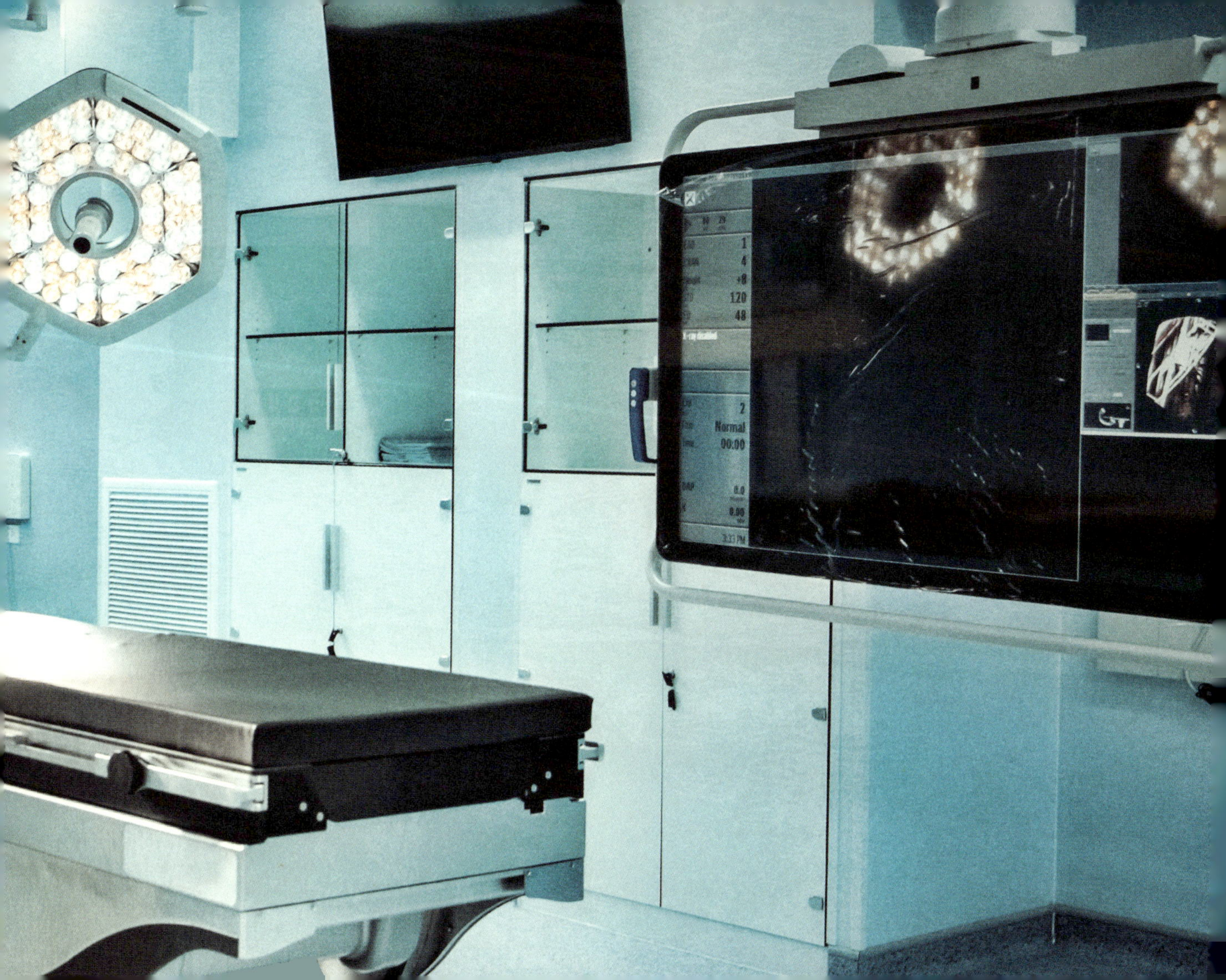
Normal
00:00

Dorian fiel auf, dass das D bei „Die Lösung" großgeschrieben war, er schloss daraus, dass er „Die Loesung fuer all das hier" in dem Buchstabengitter finden musste. Als er die Buchstaben miteinander verband, entstand eine Zahl: 25. Mal vier genommen ergab sich die 100.

Erneut ertönte ein Schluchzen von Claire, bevor Dorian den Code eingetippt hatte und die Tür zum Labor öffnete.

Sein Verstand brauchte einen Moment, um das Bild, das sich ihm bot, einzuordnen.

In der Mitte des Raums stand eine monströse Liege, neben der verschiedene Geräte mit Schläuchen daran aufgebaut waren, über dem Kopfteil hing ein großer, silberner Kasten, über ein Gestell an der Decke befestigt, der ein seltsames Licht auszusenden schien.

Doch die Liege selbst war bis auf eine Decke und ein Kissen leer. Claire stand hinter der ganzen Konstruktion und hielt jemanden am Ärmel fest, während sie noch einmal leise schluchzte. Erst als Dorian um die Liege herumging, erkannte er Professor Wiedemann, der mit traurigen Augen auf Claire hinabblickte. Dorian stürmte auf die beiden zu und wollte sich sofort schützend vor Claire aufbauen. Doch die bedeutete ihm mit einer erhobenen Hand, zu warten. Er versuchte, einen Blick auf das Notizbuch zu werfen, den Claire in der anderen Hand hielt, und konnte kaum glauben, was dort stand: *Ich weiß, dass du mir nur helfen wolltest, damit ich die Bilder von Mama vergessen kann, aber das geht zu weit. Wo bist du da nur reingerutscht? Ein Mensch ist bereits tot. Du musst das alles stoppen!*

Professor Wiedemann ignorierte Dorian und wandte sich eindringlich an Claire: „Tot? Was meinst du? Ich kann jetzt nicht aufhören! Nicht nur, weil ich dann nie so weit kommen werde, dich von deinen schrecklichen Erinnerungen zu befreien. Ich habe mich mit schlimmen Leuten eingelassen. Wenn Markov erfährt, dass wir die Sache nicht im Griff haben, wird er sein Geld zurückwollen. Oder Schlimmeres. Zuerst wollte ich den Fehlschlag mit Patient 13 nur bis zum 31.12. unter Verschluss halten, damit Markovs letzte Zahlung eingeht. Für all das hier musste ich enorme Schulden machen. Aber dann hat sich dieser Polizist in unsere Klinik eingeschleust", er deutete auf Dorian, „und plötzlich war das ganze Projekt in Gefahr. Doktor Marx hatte die Idee, ihn einfach als nächstes Versuchsobjekt zu nutzen und so zwei Fliegen mit einer Klappe zu schlagen. Ich weiß, darauf hätte ich mich nicht einlassen dürfen, aber es stand so viel auf dem Spiel! Sie meinte, dass sie sich um alles kümmern würde. Doktor Marx hat Kohl sicherheitshalber in eine andere Klinik verlegen lassen, damit er seinem Zimmergenossen nicht etwas über seinen Aufenthalt vor der Extraktion erzählen konnte."

„Von wegen Verlegung", warf Dorian aufgebracht ein. „Thorsten Kohl liegt mit aufgesägtem Kopf in ihrer Leichenkammer!"

Wiedemann schien ehrlich schockiert. Claire hörte auf zu schluchzen, griff nach beiden Schultern des Professors und sah ihm fest in die Augen. Sie schien einen inneren Kampf auszufechten. Dann öffneten sich ihre Lippen und sie stieß mühsam hervor: „Bitte. Hör. Auf. Papa." In Wiedemanns Miene kämpften drei verschiedene Emotionen um die Vormacht: Überraschung. Reue. Und Erleichterung darüber, dass Claire wieder sprechen konnte. Er schluckte schwer, dann umarmte er seine Tochter, hielt sie so fest, als ob er sie nie wieder loslassen wollte, und flüsterte in ihr Haar: „Versprochen, mein Engel. Alles wird gut."

Jetzt erkannte Dorian auch die Ähnlichkeit zwischen Vater und Tochter, die erklärte, warum Wiedemann ihm schon bei ihrer ersten Begegnung bekannt vorkam. Dorian wurde klar, dass Claire nie entführt worden war. Marx hatte vorhin nur gut geblufft. „Du bist aus freien Stücken zu deinem Vater gegangen, oder?", fragte er. Sie nickte, dann erklärte sie mit brüchiger Stimme: „Ich hatte schon länger den Verdacht, dass Marx die Patienten für Experimente missbraucht." Jedes einzelne Wort schien sie Kraft zu kosten. Ungeduldig griff sie deswegen wieder zu Papier und Stift: *Für ihre Karriere würde Marx über Leichen gehen. Deswegen war ich froh, als du angefangen hast, Nachforschungen anzustellen. Als wir dann Kohls Leiche gefunden haben, musste ich unbedingt mit meinem Vater sprechen. Ich wollte ihn zur Rede stellen. Wahrscheinlich habe ich gehofft, dass er für alles eine gute Erklärung haben würde und sich nicht schuldig gemacht hat. Ich habe ihn gestern Abend noch in seinem Labor aufsuchen wollen, aber er war nicht dort. Deswegen habe ich hier auf ihn gewartet.* Sie deutete auf die Liege mit der Decke.

Da ertönte plötzlich ein Alarmsignal. Wiedemann löste sich aus der Umarmung und drückte eine Taste an einem der Rechner. „Es gibt Eindringlinge in der Klinik." Auf dem Bildschirm erschien das Bild einer Überwachungskamera. Sie zeigte den Eingangsbereich des Hospitals. Zwei der Sicherheitsleute lagen mit dem Gesicht nach unten auf dem Boden. Am Rande des Bildes konnte man gerade noch erkennen, wie eine Gruppe Männer in die Klinik stürmte.

Auf dem Bild einer zweiten Überwachungskamera konnte Dorian die Gestalten besser sehen. Ihm wurde eiskalt, als er nicht nur die Pistolen in ihren Händen, sondern auch ihren Anführer erkannte. „Das ist Markov!", rief er. „Und daneben Doktor Marx! Sie muss ihn alarmiert und ihm verraten haben, dass die Sache aus dem Ruder läuft. Und jetzt sind sie hier, um alle Beweismittel zu vernichten, die ihnen gefährlich werden könnten."

Claires Stimme klang heiser, als sie Dorian warnte: „Dann musst du hier verschwinden, bevor sie dich umbringen!" „Das Gleiche gilt für euch! Markov wird nicht davor zurückschrecken, jeden Zeugen zu eliminieren, vor allem wenn Sie nicht mehr bereit sind, mit ihm zu kooperieren, Herr Professor. Gibt es hier zufällig noch einen weiteren Ausgang?"

Der Professor schüttelte den Kopf. „Nein, das ist eine Sackgasse, wir müssen erst wieder hoch in den zweiten Stock." „Na dann, nichts wie los! Vielleicht schaffen wir es, bevor Markov und seine Schläger die geschlossene Abteilung erreicht haben."

Sie stürmten aus dem Labor und die Treppen empor. Dorian spürte, wie seine Verletzungen dunkel pochten, als sie den großen Saal betraten. Sie hatten Glück, bisher waren Marx und die Verbrecher noch nicht an der Kanzel oder im Aufenthaltsraum angelangt. Einige der Patienten und Angestellten waren noch auf der Feier und nippten an ihren Tassen und Gläsern, auch Tarek saß an einem der Tische und versuchte, Ortwin Beilmann ein Geschenk zu übergeben. Doch gerade als Dorian entscheiden wollte, ob ihre Chancen, nach unten zu gelangen, besser über den Aufzug oder über das Treppenhaus waren, kam plötzlich einer der bewaffneten Männer um die Ecke des Flurs. „Hände hoch! Wird's bald!", gellte seine Stimme durch den Raum, während er mit der Waffe auf die Insassen und Pfleger zielte. Tarek blickte erschrocken auf. „Lass die Leute in Ruhe!", rief Dorian. „Sie haben nichts mit der Sache zu tun." Markovs Handlanger drehte sich zu Dorian um und verzog die Lippen zu einem fiesen, zufriedenen Grinsen. Er hatte die Zielpersonen, die sein Chef ausschalten wollte, gefunden. „Halt 's Maul!", rief er und ging auf Dorian zu, die Pistole auf seinen Kopf gerichtet. „Ein paar Irre mehr oder weniger, wen juckt's?" Gerade als er ausholen wollte, um Dorian mit der Waffe ins Gesicht zu knüppeln, bemerkte er eine Bewegung hinter sich, dann einen harten Schlag auf seinen Kopf. Ortwin, das Beil, hatte seine Punschtasse auf dem Schädel des Angreifers zerschmettert und warf sich jetzt von hinten auf ihn.

ÖFFNE GLEICH DIE NÄCHSTE SEITE ➔

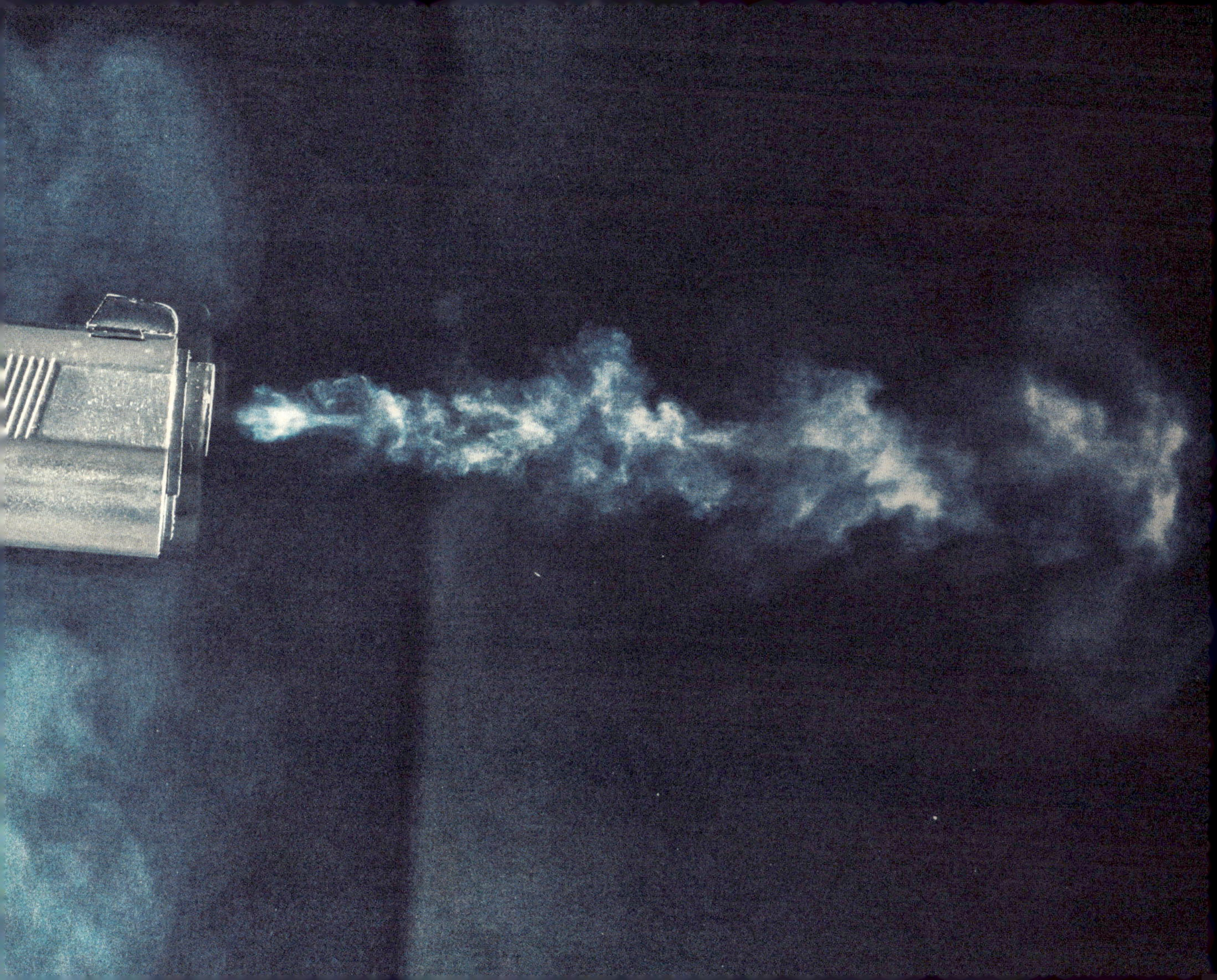

Dorian zögerte nicht lange, er nutzte den Überraschungsmoment und die Verteidigungstechniken, die er in der Polizeischule gelernt hatte, und rammte dem Verbrecher die Faust seiner gesunden Hand mit aller Wucht gegen das Kinn. Der Mann klappte zusammen wie ein Taschenmesser und ging zu Boden. Beilmann lächelte zufrieden: „Gar nicht schlecht, Neuer ...“ Dorian schnappte sich die Pistole des Eindringlings. In diesem Moment hörten sie Schreie auf dem Flur und bellende Stimmen, die Befehle brüllten. Der Rest von Markovs Männern hatte die Abteilung erreicht „Wir haben keine Zeit mehr! Wir müssen aus dem Fenster springen!“, rief Dorian. „Keine Chance“, antwortete der Professor verzweifelt. „Das ist alles Panzerglas und lässt sich nicht öffnen.“ Dorian hob die Pistole und schoss. Fünf Mal zielte er auf die Fensterscheibe des Aufenthaltsraums. Die hielt stand, zeigte jedoch einige Risse. „Der letzte Schuss muss sitzen ...“, beschwor Dorian die Pistole und sich selbst. Er erinnerte sich, dass er im Fernsehen mal gehört hatte, die empfindlichste Stelle sei diejenige, wo der erste Treffer eingeschlagen hat. Aber welches Einschussloch war das gewesen?

NEBEN WELCHES EINSCHUSSLOCH MUSS DORIAN ZIELEN, UM DIE SCHEIBE ZUM ZERBERSTEN ZU BRINGEN?

1. Das Loch A
2. Das Loch B
3. Das Loch D

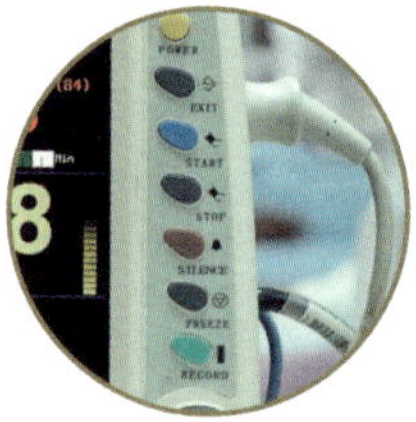
1

2

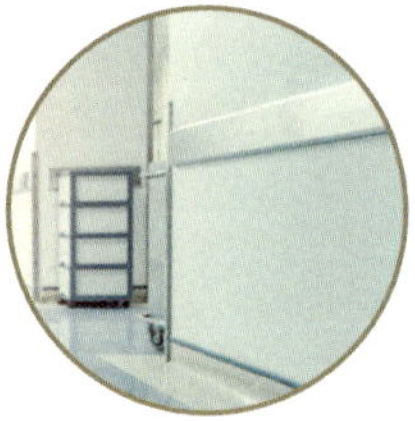
3

A
B
C
D
E

Sein Gehirn hatte automatisch die beiden wichtigsten Informationen an dem Arbeitsplatz herausgefiltert: Die Zahl 377304 und das unterstrichene Wort „Taschenrechner". Wenn man die Ziffernfolge in einem Taschenrechner eingab, erschien 377304. Stellte man das Gerät dann auf den Kopf, war der Begriff „hOELLE" zu lesen.

Erleichtert darüber, dass zumindest der analytische Teil seines Verstandes noch uneingeschränkt funktionierte, tippte er das Passwort ein und war nicht überrascht, als sich der Desktop öffnete und den Blick auf verschiedene Dateien preisgab.

Claire nickte ihm anerkennend zu und beugte sich dann zu dem Bildschirm herunter. Sie war ihm jetzt so nah, dass er den leichten Orangenduft ihres Haarshampoos riechen konnte. Ein angenehmer, nicht aufdringlicher Geruch. Dorian scannte die Ordner, normale Patientendaten und medizinische Befunde, bis sein Blick an einer Datei namens „Projekt Mneme" hängenblieb. Er öffnete sie und fand 13 Unterordner, die jeweils mit dem Titel „Patient" und einer Nummer betitelt waren. Er klickte auf den letzten und dort auf eines der abgespeicherten Dokumente:

Patient Mneme/01/13

Versuchsobjekt zeigt sich weniger kooperativ als zu Beginn.

Objekt verweigert Gespräche, zeichnet stattdessen Bilder mit unverständlichem Inhalt.

Schutzmaßnahmen sollten eingeleitet werden, um das Projekt nicht zu gefährden.

Adrenalin strömte durch Dorians Körper und er fühlte sich wie nach drei Tassen Kaffee und zwei Dosen Energy Drink. Patient 13, es gab ihn wirklich. Und da war noch mehr. Zu viel, um es sich jetzt in Ruhe anzusehen. Er markierte die Dateien und schickte sie an den Drucker.

Das Gerät sprang mit einem lauten Summen an, und Dorian konnte nur hoffen, dass es auf der Station keine Nachtwache gab, die sich über das Geräusch wundern würde. Sobald das letzte Blatt aus der Öffnung fiel, griff er nach den Dokumenten, um sie einzustecken. Keinen Augenblick zu früh, denn in diesem Moment ging auf dem Krankenhausflur das Licht an.

Panisch sah er sich um. Wo konnten sie sich verstecken? Da spürte er etwas an seinem Ärmel. Es war Claire, die ihn eilig zu sich unter den Schreibtisch zog.

Vor dem ersten Blick eines Besuchers waren sie jetzt zwar geschützt, sollte derjenige jedoch weiter in den Raum hineingehen, würde er die beiden unweigerlich entdecken. Dorian versuchte möglichst flach und geräuschlos zu atmen, als sich die Tür des Labors öffnete und er eine Stimme vernahm.

„... läuft aus dem Ruder", hörte er eine ältere Frauenstimme sagen. Sie kam ihm bekannt vor, genau wie die zweite Stimme, die kurz angebunden antwortete: „Wir werden alles tun, was notwendig ist."

Mit den Lippen formte er tonlos die Frage: „Elisabeth und Doktor Marx?" Claire nickte und bohrte ihren Griff wie ein Schraubstock um Dorians Arm.

Doktor Marx seufzte. „Es ist schon spät, ich werde morgen mit der Auswertung der Daten fortfahren." Sie legte etwas auf den vordersten Schreibtisch, ohne sich die Mühe zu machen, das Licht im Labor anzuschalten. Dann ließ sie die Tür von außen wieder ins Schloss fallen.

Erleichtert stieß Dorian die Luft aus. „Das war knapp …“, flüsterte er in Claires Richtung. „Wir sollten so schnell wie möglich hier verschwinden und uns die Ausdrucke später ansehen.“ Sie blickte ihn skeptisch an, ganz offenbar wollte sie die Dokumente genauso dringend begutachten wie er. „Okay, wie wäre es, wenn wir die Sachen gleich auf meinem Zimmer gemeinsam durchgehen?“, schlug er vor. Ihre blauen Augen blitzten, und so schlichen sie sich wieder zurück zum Ausgangspunkt ihres nächtlichen Abenteuers.

In seinem Zimmer angekommen, breiteten sie die Blätter auf dem Bett aus. Die Zeichnungen des Patienten wirkten wirr und düster, aber in Dorian brachten sie eine Saite zum Schwingen, die er noch nicht ganz zuordnen konnte.

Also schob er jede Gefühlsregung beiseite und schaltete auf Analyse. Konnte sich in den Bildern eine Botschaft verstecken?

WAS SCHEINT SICH IN DER GEHEIMEN BOTSCHAFT ZU VERSTECKEN?

1 Ein Symbol **2** Ein Buchstabe **3** Eine Zahl

Alles beginnt im Herzen, doch dann folgt das Kreuz und mit ihm das Messer, dann der tote Baum und das alles verzehrende Feuer, nur um schließlich in Tränen zu enden.

1

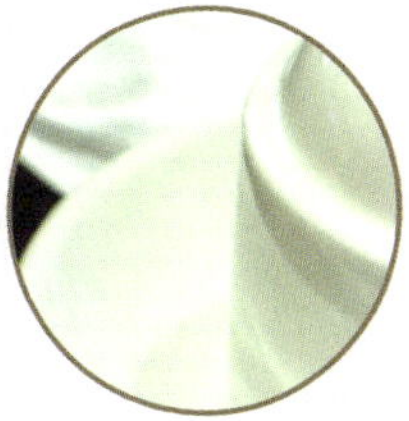

2

3

Dorian dachte nach: Der erste Satz bezog sich auf den Schlaf. Die Mitte von Sinn war IN, das Gegenteil von erdiger himmlischer und in der Ruhe lag die Kraft: Schlaf in himmlischer Ruh. Dorian musste sich die Zeile erst im Geiste vorsingen, bevor er darauf kam, aus welchem Weihnachtslied sie stammte. „Stille Nacht, heilige Nacht", stimmte er unmotiviert und im Schnelltempo an. Tarek lachte und klatschte in die Hände. „Sehr gut!", freute er sich und stand auf. „Dann kann es also losgehen. Oder sollen wir lieber im Schutz der Dunkelheit angreifen?" Doch Dorian schüttelte den Kopf und flüsterte: „So lange können wir nicht warten. Claire ist verschwunden, und mein ehemaliger Zimmergenosse liegt steif gefroren unten in der Leichenkammer." Tarek starrte Dorian erschrocken an. „Wer von uns beiden ist jetzt der Verrücktere?", fragte er. „Ich weiß, das klingt alles etwas fantastisch, aber du musst mir glauben. Ich wollte dich auch gar nicht mit reinziehen, aber ich habe Angst, dass sie Claire etwas antun. Oder in ihrem Kopf herumpfuschen. Doch mir ist wichtig, dass du weißt, auf was du dich einlässt. Wenn du Angst hast, kannst du auch noch aussteigen. Rätsel hin oder her."

„Weihnachtswunsch bleibt Weihnachtswunsch und ausgemacht bleibt ausgemacht. Aber warum denkst du, dass es Claire und dir hilft, wenn du in das Büro des Professors einbrichst?" „Weil ich vermute, dass die hier in der Klinik irgendein krummes Ding abziehen. Erklär ich dir später, jetzt müssen wir erst mal zum Büro."

Ihr Plan war simpel. Tarek ging zur Kanzel, so nannten die Patienten und Angestellten den kleinen Aufenthaltsbereich für das Pflegepersonal, der durch große Glasscheiben einen Blick auf den Flur und den Aufenthaltsraum bot. Er erkundigte sich bei Schwester Elisabeth, wann der Professor für ihn Zeit habe, er hätte noch eine Frage zu der Therapieempfehlung des Professors. Sie bedachte ihn mit einem strengen Blick, sah dann jedoch im Terminkalender nach. „Das wird heute schwierig. Der Professor ist ein viel beschäftigter Mann. Wenn überhaupt, dann heute Nachmittag, er ist bis 14 Uhr bei einem Weihnachtsempfang der Stadtverwaltung." „Vielen Dank, Schwester", sagte Tarek. „Sie haben mir sehr geholfen, das vermerke ich natürlich in meiner Liste der artigen Kinder!" Sie schnaubte und schob ihn aus der Kanzel hinaus.

Mithilfe von Dorians Schlüsselkarte gelangten sie über das Treppenhaus in den dritten Stock, in dem sich keine Patientenzimmer mehr befanden, sondern ausschließlich Meetingräume und Labore. „Mist", flüsterte Dorian. „Hier fallen wir mit unserer Kleidung direkt als Patienten auf." Da hörten sie auch schon die ersten Stimmen, die lauter wurden, als sich die Tür von einem der Räume öffnete. „Schnell, hier rein!", zischte Tarek und zog Dorian mit sich in das Zimmer direkt neben ihnen. Es war eins der Labore und zum Glück gerade verwaist.

An der Wand hingen an Haken mehrere weiße Kittel. Dorian nahm sich einen und reichte einen zweiten an Tarek weiter. „Das ist zwar keine perfekte Verkleidung, aber bei einem kurzen Blick wird es reichen. Vergiss nicht, deine Mütze noch abzunehmen!"

So unauffällig wie möglich gingen sie schnellen Schrittes den Gang entlang, bis sie eine große Tür am Ende erreichten. „Professor Wiedemann" las Dorian auf dem Schild daneben. Tarek bückte sich und machte sich eilig an dem Türschloss zu schaffen. Dorian versuchte derweil, ihm so gut es ging Deckung zu geben, doch sie hatten Glück und wurden nicht gestört. „Geschafft!", triumphierte Tarek leise und schlüpfte zusammen mit Dorian durch die geöffnete Tür.

Ein großzügiger Raum mit riesigen Fenstern und moderner Kunst an den Wänden empfing sie.

Alles in diesem Büro wirkte ein bisschen zu groß. Der Schreibtisch, die Bilder an der Wand und sogar die Ledersessel.

Es war penibel aufgeräumt, kein einziger Ordner lag auf dem Schreibtisch. „Bleib du an der Tür stehen, vielleicht kannst du hören, ob jemand kommt", sagte Dorian zu Tarek und trat an den Computer heran, der auf dem Schreibtisch stand. Er spürte, dass er der Lösung ganz nahe war.

Doch als er versuchen wollte, den Entsperrcode zu knacken, musste er feststellen, dass es keinen gab. Dafür aber einen Fingerabdruckscanner. Er fluchte leise. Sollten sie das Risiko hierherzukommen ganz umsonst auf sich genommen haben? Was war mit Patient 13 passiert, und was würde jetzt aus Claire werden? „Schau doch mal in dem Safe nach", schlug Tarek vor und deutete auf eine kleine, silberne Tür in der Wand. „Jemand wie der Herr Professor will immer auf Nummer sicher gehen. Wenn es sich um wichtige Unterlagen handelt, hat er sie vermutlich noch mal in analoger Form, also ausgedruckt irgendwo abliegen."

Keine schlechte Idee, musste Dorian zugeben, nur – wie konnten sie den Safe knacken?

WIE LAUTET DER KORREKTE CODE FÜR DEN SAFE?

1 9617 2 3145 3 4762

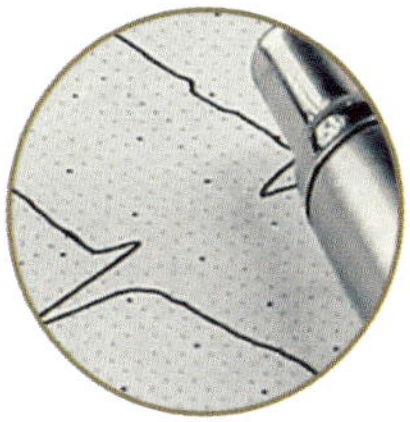

1

2

3

Dorians Blick verlor sich in dem wilden Gekritzel. Und was sollte dieser kryptische Satz darunter bedeuten? Da zauberte Claire einen Bleistift aus der Hosentasche und zog eine Linie von dem Herzen, das sie in dem Bild ausgemacht hatte, zum Kreuz und von dort zum Messer. Sie folgte weiter den Begriffen aus dem Satz, und schließlich ergab sich ein großes C.

„Gibt es einen Patienten außer dir, dessen Name mit C beginnt?", fragte er Claire, aber die schüttelte bedauernd den Kopf. Doch da entdeckte Dorian, dass es sich gar nicht um ein C handelte ... Direkt zwischen den beiden Enden des Cs prangte ein großer Stern.

„Ein Halbmond mit Stern ...", murmelte er. „Das Zeichen der türkischen Flagge!" *Tarek,* schrieb Claire neben die Skizze und tippte mehrmals mit Nachdruck darauf. *Er ist der einzige Patient in der Einrichtung mit türkischen Wurzeln.*

„Okay, aber wie soll er uns weiterhelfen?", überlegte Dorian laut. „Ich werde ihn morgen mal vorsichtig aushorchen. Für heute Nacht sollten wir es gut sein lassen."

Nach einem vorsichtigen Blick nach draußen verließ Claire sein Zimmer lautlos. Erst jetzt wurde Dorian bewusst, wie leer sich der Raum ohne sie anfühlte.

Um sich abzulenken, nahm er sich im Bett noch mal die ausgedruckten Dokumente vor. Zwischen all den wirren Aufzeichnungen von Patient 13 gab es noch einen Satz, der seltsam klar erschien: *Nur wer die Zeichen zu deuten versteht, weiß, wen er fragen muss. Sein Buch ist der Schlüssel!*

Am nächsten Morgen hielt Dorian schon am Frühstücksbüfett Ausschau nach Tarek. Doch der verkappte Weihnachtsmann war nirgends zu entdecken. Dafür fielen Dorian die Securitys auf, die in der Einrichtung patrouillierten. Jeweils zwei Männer in schwarzer Montur mit Schlagstock, Elektroschocker und einer Art Notfall-Piepser am Gürtel, den er auch schon beim Rest des Klinikpersonals bemerkt hatte.

Dorian spürte einen Anflug von Erleichterung, als ein Mann mit Weihnachtsmütze und rotem Pullover den Saal betrat. „Ho, ho, ho! Einen wunderschönen guten Morgen!", rief Tarek fröhlich und hatte dabei beide Daumen in den vorderen Bund der Hose eingehängt und den Rücken weit durchgestreckt, sodass sein schlanker Bauch sich so weit wie möglich nach vorne wölbte. Dorian gesellte sich mit seinem halb vollen Frühstücksteller zu ihm.

„Du, Tarek, ich wollte dich gerne mal etwas fragen." „So, was denn?" Tarek schaute ihn prüfend an, und Dorian beschloss, nicht direkt mit der Tür ins Haus zu fallen. „Warum darfst du eigentlich diesen roten Pullover tragen, während wir anderen alle nur Blaumänner anhaben?" Tarek lächelte verschmitzt. „Hast du schon mal einen blauen Weihnachtsmann gesehen?", fragte er. „Da macht sogar unsere liebe Doktor Marx mal eine Ausnahme. Deswegen hat sie letztes Jahr auch ein besonders großes Geschenk unter dem Baum gefunden." Tarek schob sich ein Marmeladenbrötchen in den Mund, bevor er erneut rezitierte: „Ich will Weihnachten in meinem Herzen ehren und es dort das ganze Jahr hinweg bewahren." „Verstehe ... aber wenn du hier eingesperrt bist, wie machst du das dann mit der Organisation der ganzen Geschenke? Kann man hier drin vielleicht irgendwo telefonieren?" Tarek grinste wissend. „Falls du wissen willst, wie du mit der Außenwelt Kontakt aufnehmen kannst, muss ich dich enttäuschen, mein Freund. Wir sollen uns nur mit uns selbst beschäftigen, sagen die zumindest. Aber für mich ist das zum Glück kein Problem, die Wichtel arbeiten ziemlich selbstständig, und an Weihnachten verschwinde ich einfach durch den Kamin!"

Durch den Kamin konnte Dorian leider nicht abhauen. Sich telefonisch mit Tobias im Kommissariat abzusprechen würde also auch nicht so einfach werden. Er musste der Sache selbst auf den Grund gehen. Er erinnerte sich an den Satz, den er in den Aufzeichnungen neben dem Hinweis auf Tarek gefunden hatte: *Sein Buch ist der Schlüssel …* „Liest du denn viel? Oder gibt es ein bestimmtes Buch, das du mir empfehlen könntest? Mir fällt hier ein bisschen die Decke auf den Kopf", fragte er unschuldig.

„Es gibt nur ein einziges Buch, das ich dir aus der Klinikbibliothek empfehlen kann. Aber ich weiß nicht recht, ob ich das tun soll." Dorian musste sich Mühe geben, um die Ungeduld aus seiner Stimme zu drängen. „Wieso das denn?", brachte er schließlich hervor.

Tarek beugte sich ganz nah zu ihm heran und flüsterte ihm ins Ohr: „Weil ein artiger Junge immer die Wahrheit sagt." Dorian wurde es heiß, als Tarek fortfuhr: „Glaubst du denn, ich merke nicht, dass du Hintergedanken hast? Ich bin der Weihnachtsmann, du kannst mich nicht anlügen."

Dann lehnte er sich wieder in seinem Stuhl zurück, faltete die Hände auf dem Bauch und sagte feixend: „Du hast Carlas Rätsel mit Bravour gelöst, ich bin gespannt, ob du mein Weihnachtsrätsel auch so einfach knackst. Wenn du es schaffst, verrate ich dir, welches Buch ich meine …"

Dorian fluchte innerlich, seufzte dann aber ergeben und sagte: „Okay, schieß los!"

Tarek zog wie aus dem Nichts Blatt und Stift aus der Tasche und zeichnete etwas.

WAS HAT TAREK DA AUFGEMALT?

1 Einen Namen 2 Ein Fest 3 Ein Werkzeug

1

2

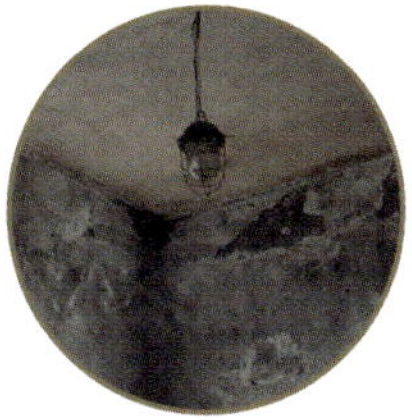

3

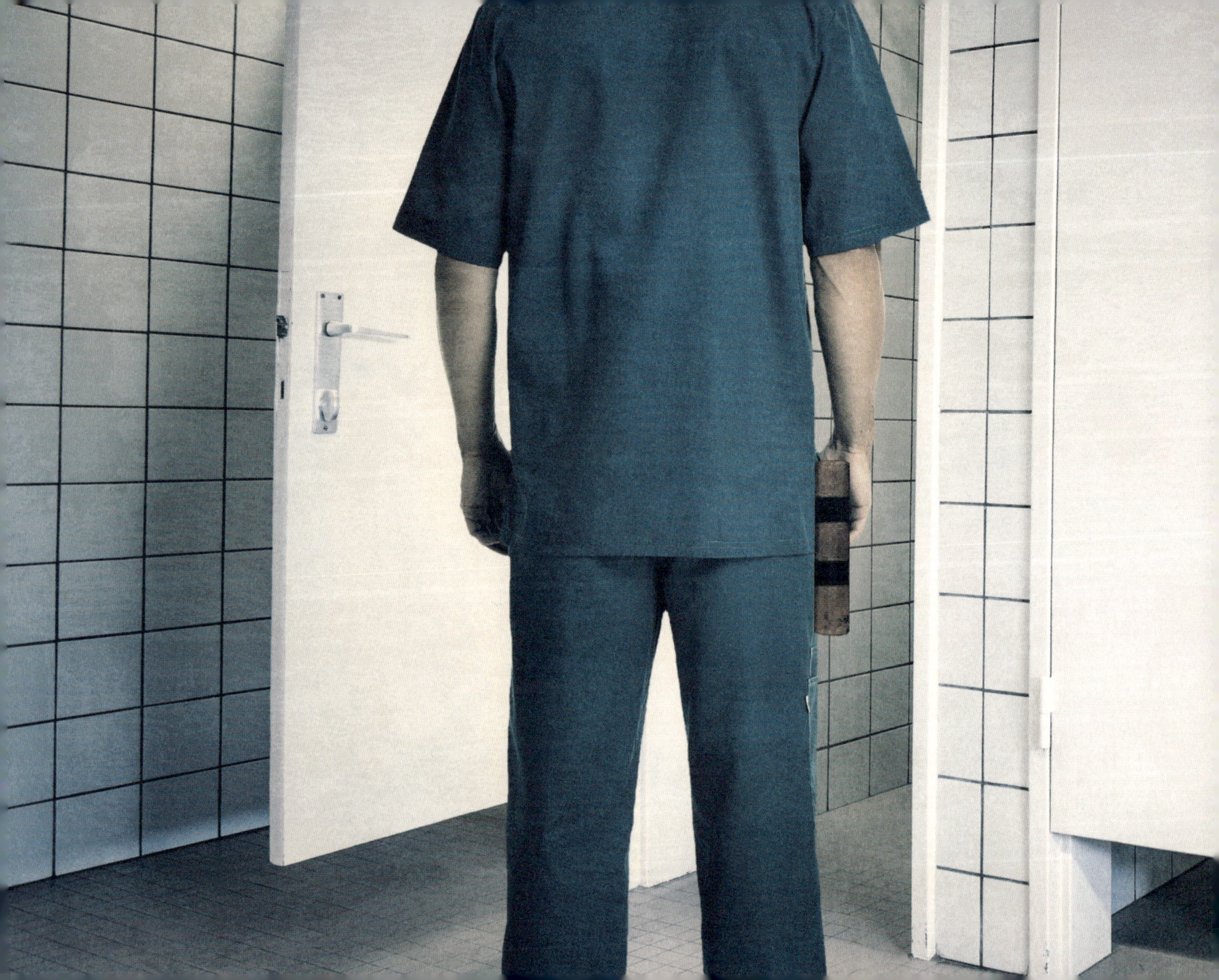

Nach ein paar Augenblicken verstand Dorian das System: Er musste die Karte dem jeweiligen Kontinent zuordnen. Dann auf jeder Karte die Buchstaben einsammeln, die auf der Seite standen, die beim Kontinent mit einem weißen Strich markiert wurde. In die richtige Reihenfolge gebracht ergab sich so das Wort „Lüftung".

Ein absolut logischer Hinweis. Wo sonst hätte ein Patient sein Tagebuch in einer Psychiatrie verstecken können, ohne dass es früher oder später vom Personal gefunden werden würde?

Ohne auf Tareks fragenden Blick einzugehen, scannte er das Krankenzimmer. Hier gab es keine Lüftungsgitter, und im Flur wäre die Gefahr, entdeckt zu werden, vermutlich zu groß gewesen. Er überlegte. Wenn er selbst einen Ort hätte auswählen müssen, wo wäre er hingegangen?

Vermutlich in die Toiletten. Dort hatte man zumindest zeitweilig etwas Privatsphäre. Er würde es einfach versuchen müssen.

„Hey, wo willst du denn hin, mein Freund?", wollte Tarek wissen, als Dorian Anstalten machte, das Zimmer zu verlassen. „Ich wollte noch mal schnell bei Claire vorbeischauen", erklärte Dorian. „Wir haben uns für heute verabredet."

Tarek zog die Augenbrauen hoch. „Nur zweierlei vermag einem Mann das Herz zu brechen: ein Traum und eine Frau." „Schon wieder Dickens? Keine Sorge, so ist das nicht", winkte Dorian ab. „Aber weißt du zufällig, was mit ihr los ist? Ich meine, warum ist sie hier? Wieso spricht sie nicht?" Tarek zog den verschmutzten Pullover über den Kopf. „Sie soll den Raubmord an ihrer Mutter beobachtet haben, das arme Mädchen. Seitdem ist kein Laut mehr über ihre Lippen gekommen. Ich habe sie allerdings nur selten gesehen. Die Lupas machen häufig ihr eigenes Ding." „Lupas?", fragte Dorian. „Luxus-Patienten, allein ihre Unterbringung kostet ein Vermögen. Damit verdient sich Professor Wiedemann, der die Einrichtung leitet, eine goldene Nase. Dafür gibt's dort nur das Beste vom Besten, kein Klinikessen wie hier, sondern Drei-Gänge-Menüs auf Bestellung. Sei 's drum. Ich muss sowieso ein wenig auf meine Linie achten." Er tätschelte sich den dünnen Bauch, ganz so, als ob er – wie der echte Weihnachtsmann – eine kleine Kugel hätte.

Bevor Dorian nach dem Lüftungsgitter suchen konnte, musste er allerdings noch einen kleinen Abstecher in den großen Saal machen. Mittlerweile hatten alle Patienten ihr Frühstück beendet, und einige Pfleger waren dabei, die Tische abzureiben. Dorian schlenderte an den Wagen für die Tabletts mit dem dreckigen Geschirr vorbei, wartete einen günstigen Moment ab und griff dann unbemerkt nach einem der Buttermesser. Es war vorne abgerundet und ziemlich stumpf, sodass es nicht als Waffe dienen konnte, aber es war trotzdem genau das, was er jetzt brauchte.

Schließlich erreichte er die sanitären Anlagen und schlüpfte durch die Tür hinein. Ein weiß gekachelter Raum mit der typischen Geruchsmischung aus Urinstein und Desinfektionsmittel erwartete ihn. Er hatte Glück, er schien allein zu sein.

Das Gitter war an der Wand neben den beiden Waschbecken angebracht, und Dorian musste sich auf die Zehenspitzen stellen, um heranzukommen. Mit der Spitze des Buttermessers löste er vorsichtig die vier Schrauben und hob das Gitter ab. Nichts.

Er tastete mit der Hand in dem schwarzen Loch herum, das ihm entgegenstarrte, und spürte plötzlich etwas Eckiges. Das Tagebuch war klein, schwarz und mit einem Zahlenschloss gesichert. So schnell er konnte, setzte Dorian das Gitter inklusive Schrauben wieder auf seinen Platz und wollte gerade das Büchlein einstecken, als die Tür aufging und ein groß gewachsener Mann mit grau melierten Haaren und einer Fliege über dem Hemd die Toilette betrat.

„Junger Mann, das hier ist eine öffentliche Toilette, das Lesen sollten Sie sich lieber für Ihr eigenes Zimmer aufbewahren", sagte er mit Blick auf das schwarze Buch in Dorians Hand.

„Da haben Sie völlig recht, Herr …?", fragte Dorian, um davon abzulenken, dass er seinen Fund in der Hosentasche verschwinden ließ. „Ich bin Professor Wiedemann. Sie müssen neu bei uns sein, wenn wir uns noch nicht kennen. Aber das wird sich ja spätestens auf unserer Weihnachtsfeier morgen Abend ändern, nicht wahr?" „Ja, bestimmt …", versuchte Dorian sich aus der Situation zu stehlen, aber der Professor stand immer noch hoch aufgeschossen in der Tür und nahm ihm so jede Möglichkeit, den Raum zu verlassen. Irgendetwas an ihm kam Dorian bekannt vor, aber er konnte nicht greifen, was. Notgedrungen entschied Dorian sich für die andere Richtung und zog sich in eine Toilettenkabine zurück. Als er die Tür hinter sich verriegelte, hörte er bereits, wie der Professor den Wasserhahn aufdrehte. Er nutzte diesen unbeobachteten Moment und zog das Büchlein schnell hervor, um einen ersten Blick hineinzuwerfen. Nur, wie sollte er das Schloss öffnen?

Da bemerkte er einen kleinen Zettel, der zwischen die Seiten geklemmt worden war und den er mit spitzen Fingern herauszog.

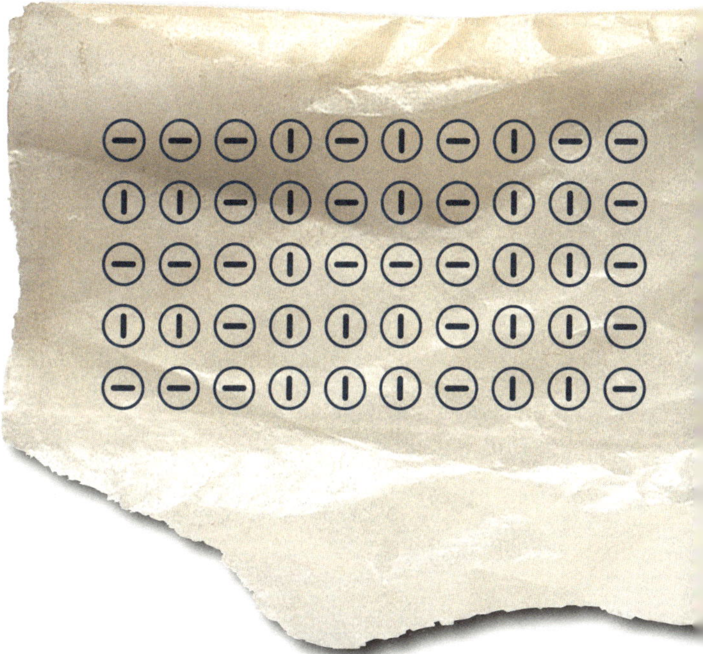

WELCHER CODE ÖFFNET DAS SCHLOSS?

1 347   2 017   3 235

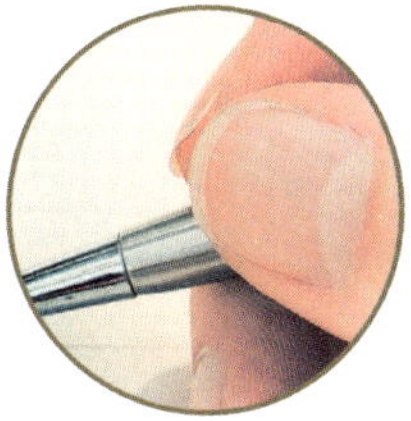

1

2

3

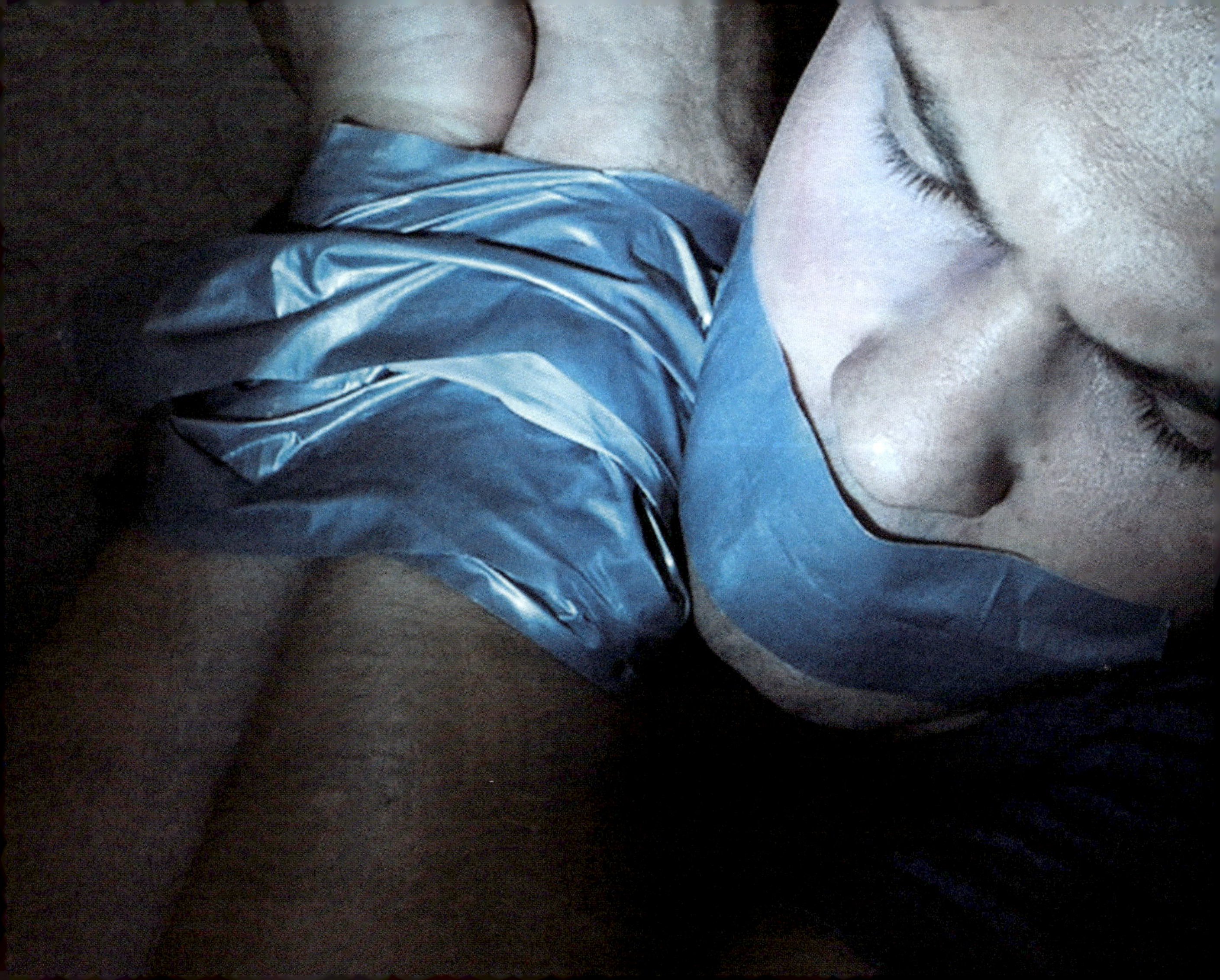

So gut er das mit zusammengeklebten Füßen hinbekam, schob er den Schreibtischstuhl mit der größtmöglichen Wucht gegen den Schreibtisch, doch nichts passierte. Beim nächsten Mal konnte er ein wenig mehr Fahrt aufnehmen, drehte sich und donnerte mit der Rückenlehne gegen den Tisch.

Wie Dorian gehofft hatte, fiel das Glas um, rollte vom Tisch und zerbrach auf dem gekachelten Boden. Mit aller Kraft warf sich Dorian nun auf die Seite, sodass der Stuhl ebenfalls umstürzte und er schmerzhaft auf dem Boden aufschlug. Es dauerte einige weitere unendliche Minuten, bis er sich so weit vorgeschoben hatte, dass er mit den gefesselten Händen nach einer größeren Scherbe tasten konnte. Er spürte, wie sich das Glas in seinen Unterarm bohrte, als er versuchte, damit das Klebeband zu durchtrennen. Etwas Warmes, Klebriges machte die Scherbe rutschig, doch Dorian ignorierte den Schmerz, hielt das Stückchen Glas fest umklammert und arbeitete weiter.

Während er vermutlich gerade riskierte, seine kompletten Pulsadern aufzuschneiden, musste er erneut an die Drohung denken, die er in seinem Bett gefunden hatte. Sie hatte nicht in einem blauen Umschlag gesteckt und war vermutlich nicht von Schwester Elisabeth gewesen. Was sollte morgen früh mit ihm passieren? Und wer war dieser unbekannte Feind? Reichte es nicht, dass er es schon mit Doktor Marx und dem Professor aufnehmen musste? Konnte Markov dahinterstecken? Der dem Professor offenbar Geld geliehen hatte? Markov war eine bekannte Größe in der Unterwelt. Sein Clan hatte sich zuerst nur in Berlin breitgemacht, doch mittlerweile hatte er seine Geschäfte auf ganz Deutschland ausgeweitet. Er galt als einer der mächtigsten Verbrecher des Landes, mit guten Beziehungen zu einigen wichtigen Politikern. Drogenhandel, Korruption, Menschenhandel und Mord waren nur einige der Delikte, die auf sein Konto gingen. Doch so sehr Dorian und seine Kollegen sich auch schon bemüht hatten, sie hatten Markov nicht dingfest machen können. Es wunderte ihn nicht, dass er seine Finger auch bei den schmutzigen Experimenten in dieser Klinik im Spiel hatte. Wie praktisch wäre es, bei einem unbequemen Augenzeugen einfach die Erinnerungen zu löschen! Er würde Tobias alles berichten, wenn er es lebendig und mit intaktem Gehirn aus dieser Einrichtung schaffen sollte. Vielleicht konnten sein Chef und er den Clanchef dann endlich hinter Gitter bringen. Dann hätte er bei Tobias zumindest ein wenig davon zurückgezahlt, was dieser ihm im letzten Jahr gegeben hatte.

In diesem Moment spürte Dorian, wie die scharfe Kante der Scherbe endlich Halt fand und in das Klebeband schnitt. Er riss, so fest er konnte, doch nichts passierte. Es kostete ihn noch über eine Stunde und mehrere schmerzhafte Schnitte in sein Handgelenk, bis er sich endlich von den Fesseln an seinen Händen befreit hatte. Im Vergleich dazu waren seine Füße jetzt ein Leichtes, und schließlich konnte er aufstehen und ein Stück Zellstoff auf seinen blutenden Unterarm drücken. Doch seine blaue Anstaltskleidung war mittlerweile von dunklem Rot getränkt.

Jetzt musste er so schnell wie möglich aus diesem Raum herauskommen und Claire und Elias finden. Zum Glück war die Tür nicht abgeschlossen, entweder weil Doktor Marx es einfach nicht für nötig gehalten hatte oder weil es für diesen Raum keinen Schlüssel gab. Schließlich beherbergte er nur die Versuchstiere, und die mussten regelmäßig versorgt werden.

Er stellte sein Glück nicht weiter infrage und schob sich stattdessen an der Wand entlang zu den anderen Zimmern. Da hörte er plötzlich ein leises Schluchzen. Es kam hinter einer der Türen hervor und klang deswegen nur gedämpft an seine Ohren. Auch wenn er es erst einmal gehört hatte, erkannte er es doch direkt wieder.

Das war Claire, die da weinte. Er näherte sich dem Geräusch. Es schien aus dem Raum hinter der einzigen Tür zu kommen, die erneut mit einem digitalen Schloss gesichert war.

Das musste das Labor sein, in dem die Gedächtnisextraktion stattfand. Dorian spürte, wie das Adrenalin seinen Körper überschwemmte. Er musste etwas tun. Bevor es zu spät war.

Sofort erinnerte er sich an den Brief von Schwester Elisabeth. Er zog ihn hervor und hinterließ dabei ein paar blutige Fingerabdrücke auf dem blauen Umschlag. Ihm wurde kurz schwarz vor Augen. Der Blutverlust war vermutlich doch stärker als vermutet. Also ließ er sich mit dem Rücken zur Tür auf den Boden sinken und studierte die Rückseite des Briefes.

WELCHEN CODE MUSS DORIAN EINGEBEN?

---

1 296 2 100 3 444

1

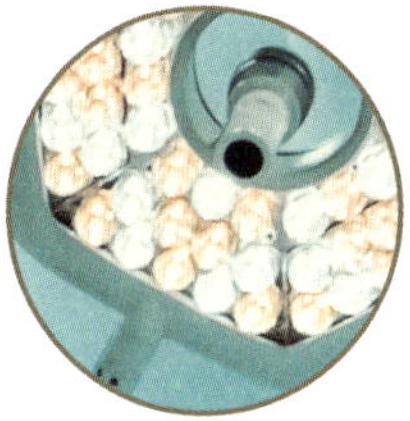

2

3

Finde Die Loesung fuer all das hier.
Und nimm sie dann mal vier!

D	I	E	M	B	I	E	R
R	A	L	N	A	H	Z	U
S	E	O	P	T	S	A	D
U	S	H	G	S	O	G	L
N	G	F	U	E	R	A	L

El Cafe
B. Tudor

„Ich habe im Moment eigentlich wirklich keine Lust auf Spielchen“, murmelte Dorian. Worauf Tarek mit erhobenem Zeigefinger rezitierte: „Denn es ist gut, zuweilen Kind zu sein, und vorzüglich zu Weihnachten, da der Urheber dieses Festes selbst noch ein Kind war!“ Dorian starrte angestrengt auf die Abfolge der Formen. Analytisches Denken lag ihm durchaus, das war einer der Gründe, warum er zur Polizei gegangen war. Er liebte es, Rätsel zu knacken. Seine Kollegen zogen ihn oft damit auf, dass er es nicht schaffte, die Zeitung wegzulegen, bevor er das Kreuzworträtsel nicht komplett gelöst hatte.

Er murmelte: „Zimmer 208 ... das muss im zweiten Stock sein, also in unserer Etage.“ Tarek sah ihn aus großen Augen an. „Jede Form steht für einen bestimmten Zahlenwert“, erklärte Dorian. „Eine Spitze muss für die 3 stehen, denn 3 mal 4 ergibt 12, ein Kreis dementsprechend für die 4 und eine Mulde für die 5. Wenn man diese Werte jetzt in der unteren Zeile einsetzt, ergibt sich 12 + 15 + 25 = 52, mal 4 macht 208! Verstanden?“

Tarek nickte, doch seine Augen behielten ihren fragenden Ausdruck. In diesem Augenblick erschienen zwei Pfleger mit dem Essenswagen. „Danke!“, sagte Dorian an Sophie gewandt, doch die starrte unverwandt auf ihren Block und kritzelte weiter riesige Zahlenkolonnen darauf.

„Bin mal gespannt, was es heute wieder für einen Fraß gibt“, hörte er Ortwin, das Beil, murren, während der sich an den anderen vorbei an die Spitze der Schlange schob.

Obwohl Dorians Magen knurrte, beschloss er, dass der Trubel zu Beginn der Essensausgabe vermutlich am besten dazu geeignet war, sich unbemerkt auf die Suche nach dieser Claire zu machen. Unauffällig ging er hinter dem großen Security-Typen vorbei, der in der Mitte des Raumes stand und das Treiben in der Halle im Auge behielt. Er bog um die Ecke und folgte den aufsteigenden Zimmernummern, bis er eine große Glastür passierte, die zu seinem Glück nicht verschlossen war. Schließlich gelangte er in einen Bereich, der sich deutlich von den anderen Räumlichkeiten unterschied. Die Wände zierten edle Kunstdrucke, die Neonröhren wurden durch stylische Wandstrahler abgelöst und der Linoleumboden wich Marmorfliesen.

Hier mussten sehr wohlhabende Patienten untergebracht sein, vermutete Dorian. Weswegen dieser Trakt vermutlich auch nur sehr wenige Patientenzimmer beherbergte. Eines davon trug die Nummer 208.

Dorian klopfte an, und als er keine Antwort bekam, öffnete er langsam die Tür. Auf einem Sessel an einem kleinen Tisch saß eine junge, zierliche Frau mit kurzem, blonden Pony vor einem ansprechend angerichteten Mittagessen. Ihre dunkelblauen Augen waren so groß, dass sie automatisch einen leicht erstaunten Ausdruck widerspiegelten. „Entschuldigung“, stammelte Dorian, »ich dachte, dass niemand da wäre.“ Dann stieg ihm die Schamesröte ins Gesicht: „Sorry, das war wohl ziemlich blöd, du konntest ja gar nicht antworten, oder?“ Genau wie auf diese Frage, du Idiot, schimpfte er mit sich selbst.

Sie sah ihn nur amüsiert an und legte das Besteck beiseite. Dann zog sie fragend die Augenbrauen nach oben, was Dorian als eine Aufforderung dazu verstand, ihr den Grund seines Besuches zu erläutern. Er überlegte fieberhaft, welche Ausrede er ihr auftischen konnte, doch jede Idee, die ihm kam, verwarf er sofort. Schließlich entschied er sich für die Wahrheit, zumindest einen Teil davon. Schließlich hatte der Nachrichtenschreiber ihn aufgefordert, Claire zu suchen. Bedeutete das nicht, dass er ihr vertrauen konnte?

„Entschuldige den Überfall. Ich bin auf der Suche nach etwas, das sich in deinem Zimmer befinden soll …“

Erst jetzt hatte er Zeit, den Raum einer genaueren Betrachtung zu unterziehen. Er war nicht wie ein Krankenzimmer eingerichtet, sondern erinnerte vielmehr an ein kleines Hotelzimmer, auch wenn das einzige Bett darin eindeutig ein Krankenbett war. Über dem Bett an der Wand hing ein schwarz-weißer Kunstdruck mit einem romantischen Café einer Kleinstadt. Konnte dies das Bild sein, von dem in der Nachricht die Rede gewesen war?

Er trat näher an das Kunstwerk heran, konnte jedoch keinen weiteren Hinweis entdecken. Da erinnerte er sich an den Zettel, der hinter dem Spiegel versteckt gewesen war. Er hob den Rahmen des Bildes unten ein wenig an. Und tatsächlich fiel ihm wieder ein kleines Stück Papier entgegen.

Dorian wollte es vom Boden aufheben, doch Claire war schneller. Neugierig entfaltete sie es und spähte darauf, ohne dass Dorian es verhindern konnte. Ihre Augenbrauen zogen sich zusammen, dann gab sie ihm den winzigen Brief und sah prüfend auf die schwarz-weißen Gebäude in dem Kunstwerk. Dorian las den Zettel ebenfalls und wollte seinen Augen nicht trauen. Sollte das etwa ein Scherz sein? Da stand:

Ach, zum **Teufel** mit **den Fetten** …

WO SCHICKT IHN DIESE NACHRICHT HIN?

1 **In die Bibliothek**

2 **In den Keller**

3 **In das Labor**

1

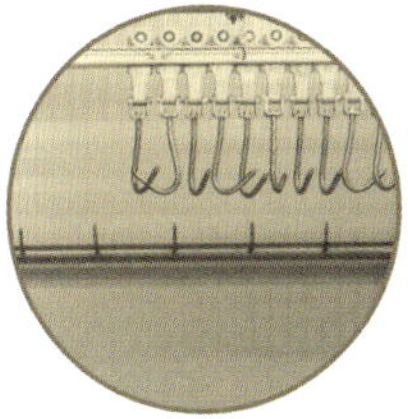

2

3

Wo warst du?

Das war ein Rätsel ganz nach Dorians Geschmack. Er sah sofort, dass sich in dem Muster Zahlen verbargen. Er musste gedanklich nur alle Kreise mit einem waagerechten Strich verbinden und schon ergab sich der Code: 347.

Draußen hörte er, wie die Tür auf- und wieder zuschwang. Ein schneller Blick in den Toilettenvorraum verriet ihm, dass er tatsächlich wieder allein war. Er schloss erneut seine Kabinentür ab und drehte die kleinen Rädchen des Schlosses auf die richtige Kombination.

Das Buch sprang auf, als ob es nur auf ihn gewartet hätte. So schnell er konnte, studierte er die wenigen Einträge. Besonders interessant erschienen ihm die letzten Zeilen.

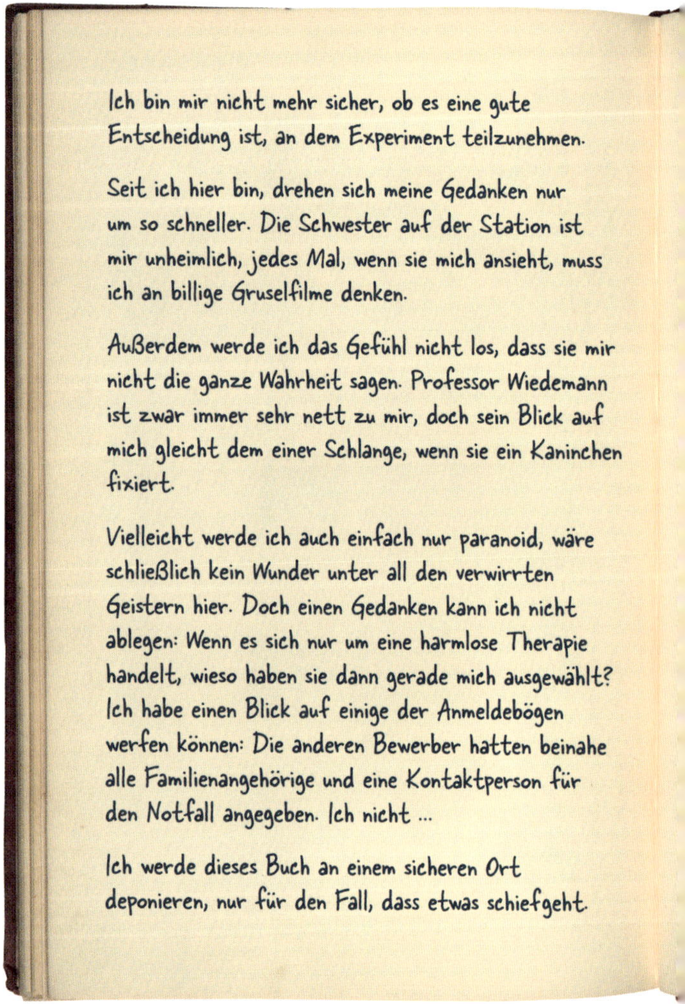

Auch wenn er nicht mit Sicherheit wusste, ob die Eindrücke aus dem Tagebuch nur dem Gehirn eines Irren entsprangen oder der Wahrheit entsprachen, sagte sein Bauch ihm, dass im Hospital Seewinkel irgendetwas Seltsames passierte. Ungeheuerliche Dinge, die hinter den dicken Mauern und Sicherheitsfenstern verborgen blieben und denen er auf den Grund gehen musste.

Er hatte genug gelesen, zurück auf seinem Zimmer erwartete ihn eine Überraschung. Claire stand an dem Bett, in dem am ersten Morgen der Kahlköpfige fixiert gewesen war. Sie drehte sich zu ihm um und ihr Blick wirkte besorgt. In der Hand hielt sie ein Notizbuch zur Kommunikation.

Wo warst du?, schrieb sie. „Bei Tarek, ich bin dem Hinweis von Patient 13 gefolgt“, gab Dorian ihr Auskunft.

Und was hast du herausbekommen? Dorian zögerte, woraufhin Claire entnervt auf das leere Bett deutete. *Dein Zimmergenosse, der übrigens Thorsten Kohl hieß, ist immer noch nicht wieder aufgetaucht, weder hier noch sonst irgendwo in der Klinik. Ich mache mir große Sorgen. Er war es, der dich auf Patient 13 angesetzt hat, oder?*

Dorian nickte. *Wenn er deswegen verschwunden ist, befinden wir uns vielleicht auch in Gefahr. Wir müssen so schnell wie möglich herausbekommen, wer oder was hinter der ganzen Sache steckt. Verstehst du?*

„Das könnte uns über den Kopf wachsen, wir sollten Hilfe von draußen anfordern. Sieh dir mal an, was ich gefunden habe ...“ Dorian überreichte ihr das Tagebuch, das sie zwar an sich nahm, aber erst einmal per Papier und Bleistift antwortete.

Und wie? Wir sind hier in einer geschlossenen Einrichtung für Verrückte, die lassen uns mit niemandem draußen reden. Und selbst wenn, würde uns ohnehin keiner glauben. Wir müssen Thorsten Kohl finden, vielleicht kann er uns mehr sagen.

In diesem Moment unterbrach sie eine bekannte Stimme: „Claire, was machen Sie denn hier, meine Liebe?“, fragte Schwester Elisabeth mit einem Lächeln, das selbst Lava gefrieren lassen konnte.

Dorian zuckte unmerklich zusammen. Wie lange hatte die ältere Frau schon vor ihrer Tür gestanden? Was hatte sie mitbekommen? Claire ließ das Tagebuch unauffällig in ihrer Tasche verschwinden, während sie hastig die letzte, verräterische Seite ihres Notizbuchs umblätterte und auf ein frisches Blatt schrieb: *Ich habe Dorian besucht, wir wollten uns über den Inhalt der letzten Psycho-Edukation austauschen.*

„Sie sollten jetzt lieber wieder in Ihren Trakt zurückkehren. Wartet nicht auch demnächst Ihre Privatstunde mit Professor Wiedemann auf Sie?“ Unsanft nahm sie Claire am Oberarm, um sie aus dem Raum zu führen. „Hey, Moment mal!“, mischte Dorian sich ein. „Was soll denn das? Claire ist doch keine Gefangene, die Sie abführen können!“

„Was ich kann oder nicht, haben Sie nicht zu entscheiden!“, antwortete die Schwester harsch und riss Claire mit sich. Dorian konnte nicht anders, er packte Claire und wollte sie aus dem Zwangsgriff lösen. Elisabeth schrie überrascht auf. Sofort waren zwei der schwarz gekleideten Securitys im Zimmer und versuchten Dorian festzuhalten. „Ich will sofort mit dem Polizeikommissariat sprechen“, forderte Dorian aufgebracht, das alles ging ihm entschieden zu weit.

ÖFFNE GLEICH DIE NÄCHSTE SEITE ➔

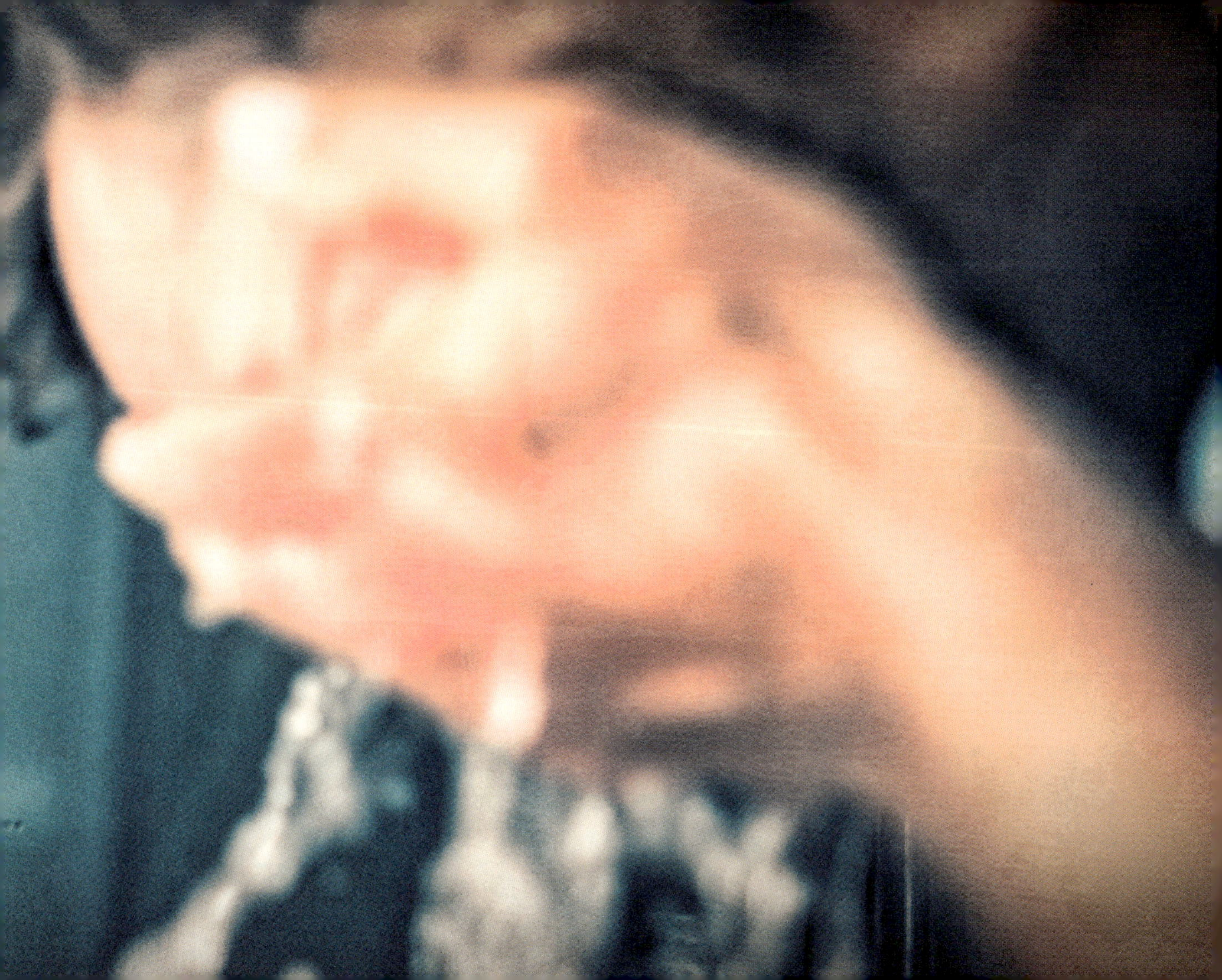

„Du wirst gar nichts, Freundchen“, sagte einer der Security-Leute routiniert und drehte Dorian den Arm brutal auf den Rücken. Dorian unterdrückte einen Aufschrei und versuchte reflexartig, sich aus dem schmerzhaften Griff zu befreien. Er rammte dem Typen seinen Ellenbogen in die Magengegend, woraufhin der Griff sich sofort etwas lockerte. Doch in diesem Moment hatte der zweite Mann seinen anderen Arm fixiert, sodass Dorian sich nicht mehr wehren konnte. Plötzlich stand Doktor Marx im Raum, eine Spritze in der Hand. „Beruhigen Sie sich, Herr Harbarth, alles wird gut.“ Da spürte Dorian schon den Einstich im Arm.

Das Zimmer begann zu verschwimmen, und das Letzte, was Dorian wahrnahm, war Claires Schluchzen. Dann Schwärze.

Als er wieder zu sich kam, lag seine Zunge pelzig im Mund und sein Schädel dröhnte wie nach einer durchzechten Nacht. Er setzte sich im Bett auf, doch die weißen Wände schienen sich noch immer um ihn zu drehen und er musste sich anstrengen, damit er nicht das Gleichgewicht verlor.

Auf wackeligen Füßen ging er zum Waschbecken, um sich Wasser ins Gesicht zu spritzen. Da bemerkte er einen blauen Umschlag, den jemand in seine Hosentasche gesteckt haben musste, während er ausgeknockt gewesen war. Er enthielt eine Schlüsselkarte, mehrere Fotos und einen Zettel. Darauf stand:

Du suchst den Kahlkopf?
Dann sieh hier nach!

WO KANN ER THORSTEN KOHL FINDEN?

1. Bei Professor Rubenstein
2. Im Untergeschoss
3. Im Garten der Klinik

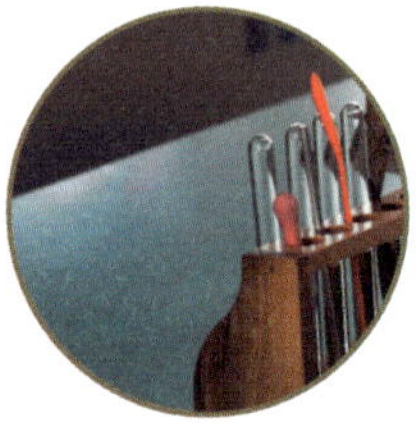

1

2

3

Betriebsausflug mit
Fussballturnier und Weinprobe

Alvin Munk

Laura Stelz

Götz Ehrhardt

Dorian konnte sich ein Grinsen nicht verkneifen. „Was hat O-stern denn mit Weihnachten zu tun?" „Gibt es eine bessere Form, mit dem Leben fertigzuwerden als mit Liebe und Humor?", fragte Tarek. „Übrigens auch ein Zitat von Charles Dickens, nur nicht aus seinem bekanntesten Werk, der *Weihnachtsgeschichte*." „Dann ist das also das Buch, von dem du gesprochen hast?", vermutete Dorian. „Genau! Die *Weihnachtsgeschichte* von Dickens ist das einzige Werk in der Klinikbibliothek, das ich dir in der Vorweihnachtszeit empfehlen kann. Kein anderes Buch hat so gekonnt die Kraft und den Gedanken hinter Weihnachten eingefangen. Ich kenne jede einzelne Zeile auswendig. Wenn du ein bisschen bibliophiler wärst, wärst du vermutlich von alleine draufgekommen." Er zwinkerte vielsagend.

„Allerdings gibt es da ein Problem", meinte Tarek. „Du wirst das Buch nicht in der Bibliothek finden."
Dorian schluckte kurz: „Und warum nicht?" „Weil ich es mir vorgestern noch einmal ausgeliehen habe." Bevor Dorian etwas erwidern konnte, trat Ortwin Beilmann an ihren Tisch.

„Hast du einen neuen Freund gefunden, du Möchtegern-Weihnachtsmann?", fragte er Tarek und nahm sich dessen Frühstücksei aus dem Becher. „Nur damit das klar ist, Neuer: Ich habe hier das Sagen. Hier lässt keiner einen Furz, ohne mir Bescheid zu geben. Und wenn sich jemand an meinen Sachen vergreift, so wie dieser Idiot hier, dann kann ich das gar nicht leiden." Dorian sah Beilmann irritiert an. „Hast du etwa nicht gewusst, dass der Loser ein Verbrecher ist? Steigt in Wohnungen ein und klaut, was nicht niet- und nagelfest ist. Und seltsamerweise ist genau zwei Tage, nachdem er hier auftaucht, mein Handmuskeltrainer verschwunden. Seltsam, nicht wahr?"

Er ließ das Ei mit Wucht auf der Schulter von Tareks Pullover zerspringen und die halb flüssige Eimasse ergoss sich auf den roten Stoff. Dorian sprang von seinem Stuhl auf, bereit, den Stiernacken in seine Schranken zu weisen, doch bereits im selben Moment waren die beiden Security-Männer herangetreten und hatten ihre Schlagstöcke gezückt.

„Alle hinsetzen", schnauzte der eine, worauf Beilmann Tarek etwas zu fest auf den Rücken klopfte und dann zu seinem eigenen Tisch zurückging. Nicht ohne sich noch einmal zu Dorian umzudrehen und ihm ein schmieriges Grinsen zuzuwerfen, in dem ein unausgesprochenes Versprechen mitschwang.

Tarek tupfte sich den Pullover mit einer Serviette trocken.
„Ist schon gut", tat er die Situation ab. „Ich habe noch ein paar Ersatzpullover. Magst du mit zu meinem Zimmer kommen? Dann kannst du gerne mal in die *Weihnachtsgeschichte* reinlesen, wenn du willst, junger Freund."

Das ließ Dorian sich nicht zweimal sagen. Den ganzen Weg, bis sie den Saal verlassen hatten, spürte er die Blicke der anderen Patienten in seinem Rücken – allen voran den von Beilmann. Doch er entdeckte noch eine weitere Beobachterin: Schwester Elisabeth fixierte ihn mit ihrem harten, wässrigen Blick, der ihm das Blut in den Adern gefrieren ließ, von ihrem Platz an der Essensausgabe. Vermutlich hatte sie auch die vorangegangene Szene bestens verfolgen können.

Dorian schauderte bei dem Gedanken daran, ihrer Fürsorge ausgeliefert zu sein, und so beschleunigte er seine Schritte noch ein wenig.

„Er hat übrigens nicht ganz unrecht", sagte Tarek, als sie in sein Zimmer traten. „Ich bin als Einbrecher verurteilt worden, aber das war nur ein großes Missverständnis! Irgendwie muss der Weihnachtsmann doch in die Wohnungen reinkommen, oder?" Er zwinkerte verschwörerisch. „Hier ist das gute Stück!" Tarek hielt ihm ein älteres, noch in Leder gebundenes Buch hin. Als Dorian es aufblätterte, fielen einige unbeschriebene bunte Postkarten heraus und segelten zu Boden. „Ich habe keine Ahnung, wem die gehören“, gestand Tarek. „Die waren schon in dem Buch, als ich es vorgestern ausgeliehen habe. Scheint jemand dort vergessen zu haben. Ich habe sie vorsichtshalber noch nicht entsorgt, vielleicht werden sie ja schmerzlich vermisst.“ Dorian schaute wohl etwas skeptisch, denn Tarek fügte väterlich hinzu: „Was für uns nur als nutzloser Papiermüll erscheint, kann für den nächsten ein großer Schatz sein, nicht wahr?“

Dorian sammelte die Karten auf und sah sie sich genauer an, während Tarek in seinen nicht vorhandenen Bart murmelte: „Muss wohl jemand sein, der gerne reist, hier liegt auch noch eine Weltkarte drin, auf der etwas markiert und notiert wurde.“ Dorian sah ihm über die Schulter und entdeckte sofort den alles entscheidenden Satz: **Finde mein Tagebuch!**

Dorian ahnte, dass dies ein weiterer Hinweis von Patient 13 sein musste. Nur mit welcher Botschaft?

WAS WIRD DORIAN TUN MÜSSEN, UM AN DAS TAGEBUCH ZU KOMMEN?

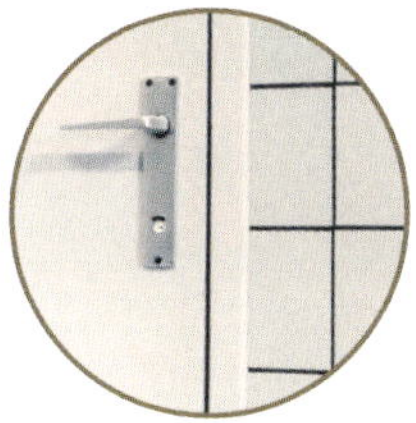
1

2

3

1. **Etwas abschrauben**
2. **Etwas ausgraben**
3. **Etwas auskippen**

Dorian seufzte. Auch wenn er Rätsel liebte, war er in Mathe nicht gerade eine besondere Leuchte gewesen. Aber er wusste, dass er diese Aufgabe lösen musste, wenn er die Geheimnisse des Labors ergründen wollte. Er kniff die Augen zusammen. Dann erkannte er ein Muster: Wenn er jeweils die Zahl aus der ersten Reihe zu der darunter addierte, ergab sich eine Zahl. Diese Zahl war wiederum die Quadratzahl der Zahl in der untersten Reihe. Also in der ersten Spalte 11 + 5 = 16 und 4 × 4 ergab 16! Somit stand das „?" für die Zahl 12. Und 12 × 9 ergab 108.

Nach einem schnellen Blick über die Schulter, um sicherzustellen, dass sie allein waren, tippte Claire auf dem Eingabepad herum. Dorian fiel auf, dass ihre Fingernägel ungewöhnlich kurz waren und die Nagelhaut rissig und entzündet. Das passte so gar nicht zu dem sonst gepflegten Bild, das Claire mit ihrem frechen blonden Pony und ihrer makellosen Haut abgab. Dann piepste es in der Stille viel zu laut, und beide zuckten kurz zusammen. Doch nichts rührte sich, und so betraten die beiden das Labor.

Dorian bemerkte erst jetzt, dass er bei dem Begriff Labor automatisch an Reagenzgläser und Pipetten gedacht hatte. Tatsächlich erspähte er im Halbdunkel auch einige dieser Utensilien unter den Sterilbänken, doch hauptsächlich wurde der Raum von mehreren großen, weißen Apparaten in Beschlag genommen, die futuristisch aussahen und von denen er nicht mal erahnen konnte, zu was sie gut sein sollten. Außerdem sprang ihm eine große medizinische Liege mit schwarzen Anschnallgurten ins Auge, die nicht horizontal ausgerichtet war, sondern senkrecht, ganz so, als ob man die Patienten darin stehend fixieren wollte.

Wonach sollten sie hier suchen? Nach diesem mysteriösen Patienten mit der Nummer 13? Plötzlich kam es ihm wie eine Schnapsidee vor, nachts heimlich in einem Forschungslabor herumzuschleichen und einer Spur geheimer Botschaften hinterherzujagen, die vermutlich auch nur ein weiterer Irrer aus dieser Anstalt geschrieben hatte. Er beschloss, am nächsten Tag mit Doktor Marx zu reden.

Er würde ihr alles erklären und dann auf dem Kommissariat anrufen und mit Tobias Baumann sprechen, dem Kriminalhauptkommissar, dem er unterstellt war und dem er blind vertraute. Wenn er an einer Sache dran gewesen und der Aufenthalt im Hospital Seewinkel Teil der Ermittlungen war, würde Tobias es wissen. Sein Kollege und Vorgesetzter war für ihn gerade im letzten Jahr zu einer Art Mentor geworden.

Als sein Bruder Arthur im letzten Winter starb und sein anderer Bruder Elias jeden Tag mehr daran zerbrach, kämpfte Dorian damit, Elias nicht helfen zu können. Er litt deswegen unter Schlafstörungen und musste sich zwingen, wenigstens eine Mahlzeit am Tag zu sich zu nehmen.

Seinen Eltern wollte er diese Last auf keinen Fall zusätzlich aufbürden, und so machte er seine Sorgen lieber mit sich allein aus, bis Tobias ihn eines Tages auf seine Augenringe und seine eingefallenen Gesichtszüge ansprach. Tobias Baumann hatte ihn daraufhin nicht nur für einige Tage freigestellt, sondern ihm vor allem zugehört, wenn Dorian seinen Kummer irgendwo abladen musste.

Er malte sich aus, wie er bei Tobias im Büro sitzen und sie gemeinsam über seinen nächtlichen Einbruch im Labor lachen würden.

Dorian seufzte. Da er nun schon einmal hier war, konnte ein prüfender Blick ja nicht schaden. Er setzte sich vor einen der drei Computer im Raum und schaltete ihn an. Vielleicht würde er hier mehr über Patient 13 herausfinden.

Aus dem Augenwinkel heraus nahm er wahr, dass Claire ihn erwartungsvoll beobachtete. Ihre großen Augen weckten in ihm augenblicklich den Beschützerinstinkt. Gleichzeitig fragte er sich, warum sie ihn so bereitwillig hierher begleitet hatte und wie sie an die Karte und den Einlasscode gekommen war.

Der Bildschirm zeigte ein Lade-Symbol und nur wenige Sekunden später das Eingabefeld für ein Passwort. Das war klar gewesen. Ein Blick zu Claire, vielleicht würde sie ihn auch dieses Mal mit einer Lösung überraschen, doch die zuckte nur entschuldigend mit den Schultern. Dorian dachte nach. Seine berufliche Erfahrung hatte ihn gelehrt, dass Menschen ihre Passwörter gerne irgendwo notierten oder sich zumindest Tipps dazu hinterließen. Er betrachtete den Arbeitsplatz, der etwas unordentlich wirkte in dieser sterilen Umgebung. Und dann hatte er eine Idee.

WIE LAUTET DAS PASSWORT?

1. Braincrash
2. Hölle
3. Nikolaus

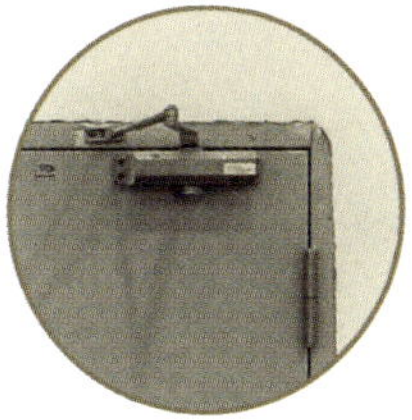

1

2

3

A-435
B-436
B-435

B-434
A-433
A-433

„Das ist eine Art Zahlenkreislauf", erkannte Dorian. „Alle Ziffern rutschen immer um eine Stelle nach rechts, und die letzte Zahl springt dann wieder ganz nach vorne, also müsste jetzt die 6397 kommen, oder?" Claire machte sich nicht die Mühe, eine Antwort zu verfassen, sondern tippte den Code einfach ein. Es piepste kurz, dann sprang die Tür auf.

Sie traten in einen engen Gang, von dem rechts zwei und links eine Tür abgingen. In den beiden rechten Räumen fanden sie nichts als altes Gerümpel und tonnenweise Aktenordner, aber der dritte Raum schien noch in Gebrauch zu sein. Er bestand aus einer Art Vorzimmer, in dem Kittel an Haken hingen, und einem großen Hauptraum, in dem mehrere metallene Liegen standen. Der komplette Saal war weiß gekachelt, und an der hinteren Wand gab es einen kleinen Durchgang zu einer weiteren Kammer. Als Dorian die Geräte sah, die auf den silbernen Liegen bereitlagen, wurde ihm klar, wo sie gelandet waren. „Scheiße ...", fluchte er leise. Im Laufe seiner Ausbildung hatte er schon ein paarmal dabei sein dürfen, wenn eine Leiche in der Rechtsmedizin untersucht wurde. Den süßlich schweren Geruch vergaß man nie. „Wir sind in der Pathologie", erklärte er Claire leise.

Er musste an das letzte Mal denken, als er mit Tobias einer Autopsie beigewohnt hatte. Es war ein junger Mann mit lockigen Haaren, zu wenig Geld und zu vielen Drogen gewesen. Sie waren vor zwei Monaten mit einem Undercovereinsatz beauftragt worden. Dorian hatte sich als verdeckter Ermittler angeboten. Er wollte sich dem Drogendealer als potenzieller Kunde vorstellen. Tobias war von Anfang an gegen diese Idee gewesen, da ihm das Risiko zu groß erschienen war, aber Dorian hatte seinen Vorgesetzten geradezu angebettelt. „Okay, okay", hatte Tobias schließlich nachgegeben, „aber sobald du in Schwierigkeiten steckst, werden wir den Laden stürmen. Ich rufe dann: ‚Hat jemand Pizza bestellt?' Das ist für dich das Zeichen, sofort aus der Schussbahn zu gehen, heißt, dich einfach auf den Boden zu werfen, verstanden?" „Wie bescheuert ist das denn?", hatte Dorian grinsend gefragt, doch keine zwei Tage später hatte ihm genau diese Absprache das Leben gerettet.

Jetzt hatte er weder geheime Absprachen noch eine Kavallerie in der Hinterhand und fühlte sich wie eine Maus, die vor einer Katze spazieren ging.

Gemeinsam mit Claire arbeitete er sich bis zu der kleinen Kammer hinter dem Sektionssaal vor. Dort waren mehrere silberne Türen in die Wand eingelassen, wie in einer Umkleide mit Spinden. Nur dass Dorian wusste, dass sich in diesen Fächern keine Sportschuhe oder Kleider befanden. Er zögerte einen Moment, sodass es schließlich Claire war, die die erste Tür öffnete und die darin enthaltene zwei Meter lange Metallschublade hervorzog. Leer. Dorian begann auf der gegenüberliegenden Seite und erschauderte, als er den kalten Hauch spürte, der ihm aus dem Fach entgegenschlug. Hier lag tatsächlich ein Leichnam, und als Dorian die stählerne Ablage herauszog, erkannte er sofort den haarlosen Kopf seines ehemaligen Zimmergenossen. Eine lange Naht schlängelte sich um den kahlen Schädel.

Er spürte Claires Wärme, als sie sich an seinem Arm festhielt. Ihre Augen waren angstgeweitet. „Wir müssen unbedingt mit jemandem da draußen reden, wenn wir nicht so enden wollen wie dieser Kollege", stellte Dorian fest und schob Kohl wieder in seine eisige Ruhestätte. Sie schlichen zurück zum Kellereingang, doch gerade, als sie die Tür öffnen wollten, hörten sie eine raue Stimme vom anderen Ende des Ganges: „Hey, wer ist da? Sofort stehen bleiben!"

So schnell sie konnten, gaben sie erneut den Code ein und schlüpften ins Treppenhaus.

Sie flogen über die Stufen und hörten gerade noch, wie unten ein weiteres Piepen erklang und die Tür aufgerissen wurde, als sie den Eingang zum zweiten Stock so leise wie möglich hinter sich zu zogen. „Schnell, auf dein Zimmer! Wir treffen uns morgen nach dem Frühstück!", flüsterte Dorian Claire zu und schlich eilig um die Ecke und in seinen Trakt. Er lauschte. Doch er konnte keine Tür hören. Ihr Verfolger schien sie in einem anderen Stockwerk zu vermuten. Glück gehabt.

Trotzdem war er froh, als er endlich sein Zimmer erreicht hatte und sich ganz vorschriftsmäßig ins Bett legen konnte. Jetzt würde ihm keiner seinen nächtlichen Ausflug nachweisen können.

Sein Puls wurde wieder langsamer, doch nur für kurze Zeit, denn da spürte er irgendetwas unter der Bettdecke. Er tastete danach und zog einen Briefumschlag hervor. Schneeweiß und schmal. Neugierig öffnete er ihn und entdeckte ein einzelnes kariertes Blatt. Darauf war eine Tabelle eingetragen, die auf den ersten Blick ungeordnete Buchstaben enthielt. Doch Dorian war sich sicher, dass es eine versteckte Ordnung gab, er musste sie nur finden.

Folge der Spur der Buchstaben!

T	R	C	I	D	E	R	T	H	C	I	N	S	Z
K	U	Z	A	N	S	P	A	O	F	G	A	S	O
F	N	E	G	R	O	M	M	L	V	L	F	I	R
A	D	B	O	X	S	T	A	W	A	S	T	G	E
Z	E	I	S	H	D	I	E	U	N	R	E	R	A
B	S	E	B	L	A	R	U	S	B	T	H	E	W
A	H	B	U	H	M	E	H	B	O	O	T	V	S
S	E	R	W	C	T	E	R	T	I	C	K	T	A
K	I	O	G	U	S	K	A	I	D	O	G	A	V
O	L	V	A	N	D	X	Z	S	I	S	M	O	E
T	I	S	E	L	L	A	T	M	A	L	P	H	C
R	G	H	A	B	P	F	S	O	A	R	E	B	T
N	E	Q	U	E	D	G	I	M	R	U	M	S	B
I	N	A	B	E	N	D	S	I	L	A	U	W	E

Start: Die höchste Zahl des Würfels / Ihr linker Nachbar

WAS BEINHALTETE DIE BOTSCHAFT?

1. Eine Frist
2. Ein Geständnis
3. Einen Hinweis auf Patient 13

1

2

3

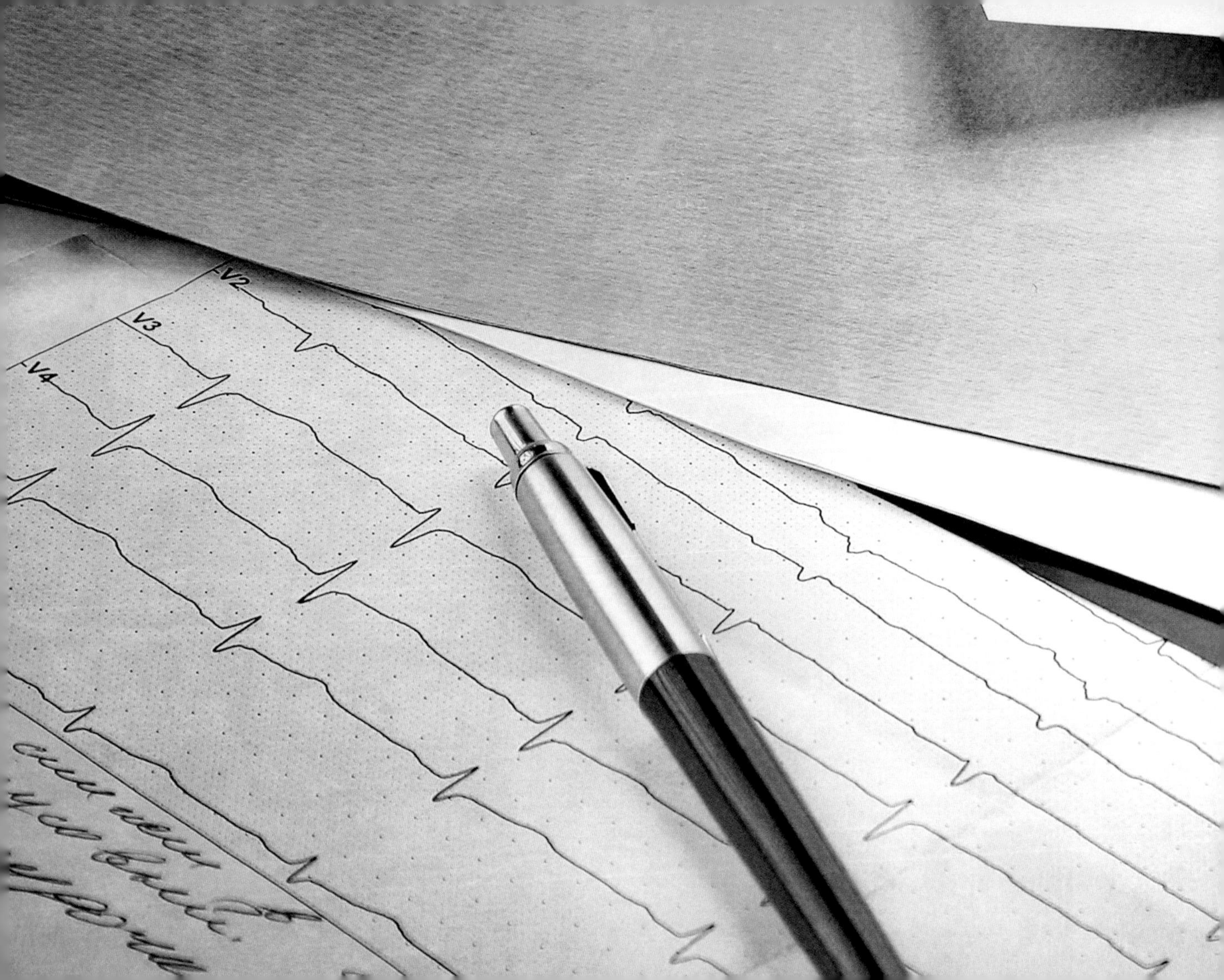
V2
V3
V4

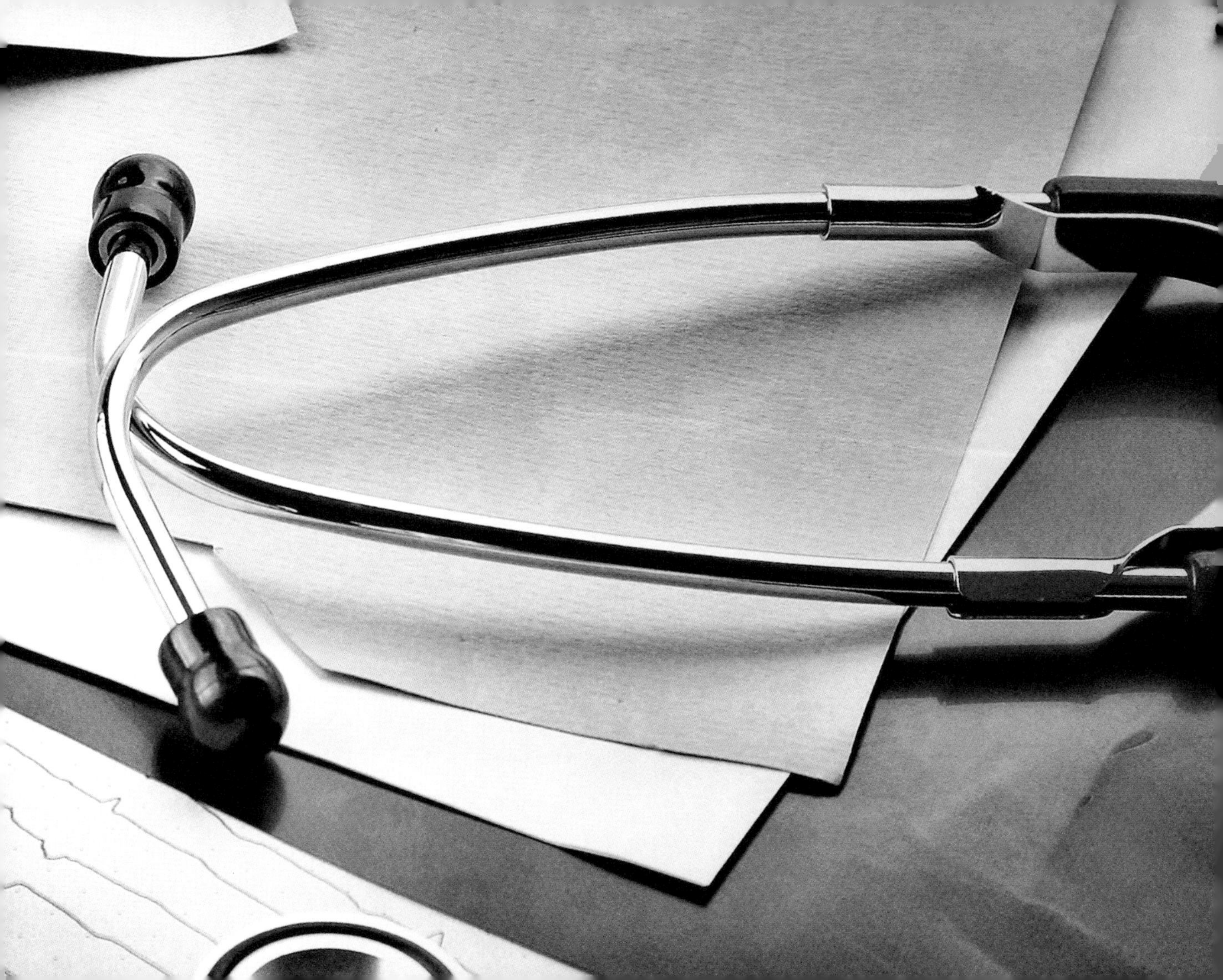

Die Zeichen sahen auf den ersten Blick kryptisch aus, doch in Verbindung mit dem Satz auf dem Bild erinnerten sie ihn an etwas. „Zeit" war etwas dicker geschrieben als der Rest. Konnte es sich um Stunden- und Minutenzeiger handeln? Dann würden sie die Uhrzeiten 9 Uhr, 6 Uhr, 7 Uhr und 1 Uhr widerspiegeln. Also stellte er bei dem Safe genau diese Kombination ein.

Und tatsächlich, die Tür öffnete sich und gab den Blick frei auf ein dickes Bündel Geldscheine sowie einige Dokumente und Unterlagen.

Dorian ließ das Geld liegen und nahm sich stattdessen die Schriftstücke vor. Er durchforstete alle Schreiben und breitete alles, was ihm relevant schien, auf dem Tisch aus.

PROJEKT MNEME
Gezielte Gedächtnislöschung

Nach den bisherigen Erkenntnissen von Akihiro Yamanaka, Cho Kim und Marijn Kroes zeigt sich, dass das Gedächtnis sowohl durch das melaninkonzentrierende Hormon, durch Optogenetik als auch über Elektrokonvulsion beeinflusst werden kann.

Das Projekt Mneme hat diese drei Ansätze vereint und optimiert. Dadurch ist es in Zukunft möglich, Erinnerungen gezielt zu löschen.

In unseren ersten Versuchen an Ratten konnten wir nachweisen, dass sie sich nach Anwendung unserer Methode nicht an zuvor Erlerntes erinnern konnten.

Der Einsatz an menschlichen Patienten konnte dieses Ergebnis untermauern.

Dadurch bieten sich neue Möglichkeiten im Bereich der Traumabehandlung.

In den nächsten Untersuchungen muss sich nun zeigen, welche Zeiträume gelöscht werden können, ohne bei den Patienten Schäden hervorzurufen.

Wiedemann et al 2023

LABORPROTOKOLL: DR. MARX

Versuchsobjekt: *Patient 13*

Zu löschender Zeitraum: *2 komplette Tage*

Versuchsperson spricht gut auf die **Gabe des MCH** an. Nach den Elektroschocks weiterhin stabil. Die optogenetische Behandlung, bei der mit Lichtwellen bestimmter Frequenzen Nervenzellen stimuliert werden, führt wie gewünscht zur Hemmung der Neuronen und ihrer Verknüpfungen.

Leider wurden größere Gedächtnisareale gelöscht als geplant. Der Patient kann auf keine Erinnerung aus den ersten zehn Lebensjahren zurückgreifen. Die Gründe für den Fehlschlag sind noch unklar.

Vermutung: Anders als angewiesen hat Patient 13 zum Zeitpunkt des Eingriffs möglicherweise nicht an das traumatisierende Ereignis gedacht, sondern sich an seine Kindheit erinnert.

Patient 13 isolieren. Fortgang des Projektes darf nicht gefährdet werden! Markov und sein Clan sitzen uns im Nacken!

ÖFFNE GLEICH DIE NÄCHSTE SEITE ➔

Mein lieber Professor,

konnten Sie mein Geld gut nutzen?

Die letzte Zahlung wird wie vereinbart am 31.12. auf dem Schweizer Konto eingehen.

Wir haben hier ein größeres Problem und würden Ihr Verfahren gerne früher als geplant zum Einsatz bringen. Natürlich darf es keine Zwischenfälle geben, da die Zielperson im Zentrum des öffentlichen Interesses steht und wir sie deshalb auch nicht einfach eliminieren können. Aber ich weiß, dass ich mich da ganz auf Sie verlassen kann.

Andernfalls könnten die Folgen für Sie äußerst unangenehm ausfallen.

Markov

Patient Harbarth aus akuter Abteilung hat herumgeschnüffelt, er ist nicht der, für den er sich ausgibt.

Als Patient 14 für Projekt Mneme vorbereiten.

Gezeichnet
Dr. Marx

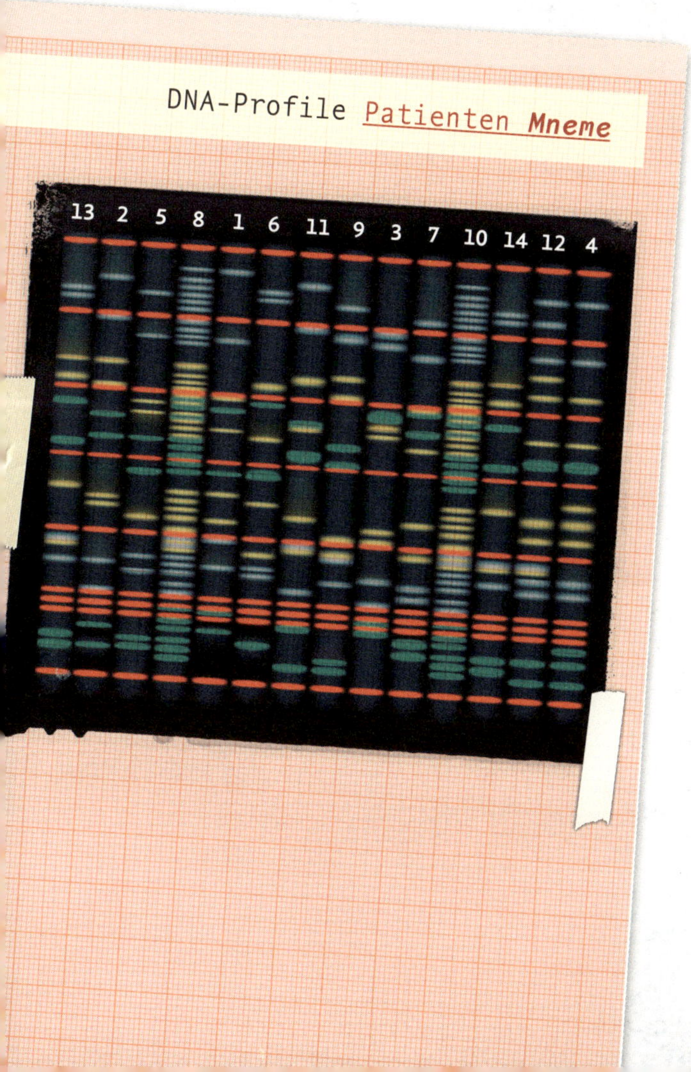

„Die haben mein Gedächtnis gelöscht …“, stammelte Dorian und griff sich unbewusst an den Kopf. „Und das von Patient 13 …“ Tarek starrte ihn an. „Wer ist Patient 13? Bist du das?“ „Nein, mit Sicherheit nicht. Mir fehlen nur ein paar Tage, Patient 13 hat seine komplette Kindheit verloren. Das wollten sie unter den Tisch kehren. Er muss hier irgendwo eingesperrt sein. Aber wer wusste davon? Wer hat mir die Nachrichten geschrieben? Und wie kam ich hierher?“

Da entdeckte Dorian unter den Dokumenten noch etwas, das ihm den Atem verschlug.

WAS HAT DORIAN ENTDECKT?

---

1. **Dass alle Patienten eine Erbkrankheit haben**
2. **Dass er Patient 13 kennt**
3. **Dass Patient 13 ein Krimineller ist**

1 2 3

Dorian startete bei der Anzahl der Seiten eines Würfels und dem linken Nachbar, also bei 6/5 und folgte von dort der Spur der Buchstaben: *Die Uhr tickt. Vergiss nicht: Am Morgen des Heiligen Abends ist alles vorbei!*

Jetzt musste er sich also nicht nur mit einer Leiche herumschlagen, sondern auch noch diese Drohung verdauen.

Er sah sich um und entdeckte zu seiner Erleichterung einen Kalender mit Katzenbildern, der als Deko aufgehängt worden war, vermutlich ein Werbegeschenk irgendeines Arzneimittelherstellers. Er zeigte den 22. Dezember. Das bedeutete, er hatte gerade mal zwei Tage Zeit, um hier herauszukommen. Wenn er überhaupt so lange in diesem Irrenhaus überlebte. Auch wenn er nicht wusste, was genau an Weihnachten mit ihm passieren würde, war er sich doch ziemlich sicher, dass er es gar nicht erst herausfinden wollte.

Wütend zerriss er den Zettel und spülte die Überreste ins Klo hinunter. Dann fiel ihm auf, dass diese Methode nicht nur seinem Ärger Luft machte, sondern auch eine gute Möglichkeit war, um auch die anderen Hinweise und Zettel verschwinden zu lassen, bevor sie in die falschen Hände gerieten.

Er fragte sich, ob der Brief von derselben Person stammte, die ihm auch den Hinweis auf die Pathologie und die Schlüsselkarte zugespielt hatte. Die Farbe des Umschlags und auch der Inhalt sprachen auf jeden Fall dagegen.

Da hatte er eine Idee. Auf jeder Schlüsselkarte gab es eine spezifische Kennnummer. Mit deren Hilfe würde er vielleicht zurückverfolgen können, wem die Karte gehörte. Falls er jemals auf die notwendigen Daten Zugriff bekommen würde. Er blickte neben sich auf das leere Bett. Mit den Gedanken noch immer in der Pathologie, schlief Dorian irgendwann ein.

Der nächste Tag stand ganz im Zeichen der herannahenden Weihnachtsfeier. Sie war extra auf den 23. Dezember vorverlegt worden, damit das Klinikpersonal am Heiligen Abend zu großen Teilen freinehmen konnte. Überall saßen Patienten an Tischen, banden Kränze, bastelten Christbaumschmuck und aus der Klinikküche flutete leckerer Plätzchenduft die Gänge. Selbst Ortwin, das Beil, saß artig an einer Werkbank und schmirgelte einen hölzernen Elch ab, während Tarek Geschenke einpackte und dabei ein Weihnachtslied nach dem anderen anstimmte.

In Dorian löste diese geschäftige Besinnlichkeit ein Gefühl der Leere aus. Er musste an das letzte Weihnachtsfest denken, das letzte, das sein jüngerer Bruder Arthur noch erlebt hatte. Er hatte an den Feiertagen schwermütig und seltsam abwesend gewirkt, und Dorian hatte sich später unzählige Male gefragt, ob er es hätte ahnen müssen. Aber er hatte Arthur nie so nahegestanden wie Elias. Das Band, das die beiden Zwillinge verband, hatte ihn als Ältesten immer ein wenig ausgegrenzt. Trotzdem hätte er hellhörig werden müssen, als Arthur ihm seine über alles geliebte Plattensammlung einfach so schenken wollte. Keine zehn Tage später hatte er sich in der WG, die er gemeinsam mit Elias bewohnte, das Leben genommen. Dorian wischte mühsam die dunklen Gedanken an damals beiseite und konzentrierte sich auf sein aktuelles Problem.

Es war für ihn nicht nur ungewohnt, sondern auch beinahe unerträglich, so ausgeliefert zu sein. Als Polizist konnte er normalerweise in die Offensive gehen, hatte das Geschehen im Griff. Erneut fragte er sich, wie, verdammt noch mal, er in diese Situation geraten war. Und viel wichtiger: Wie er ihr entkommen sollte.

Er hielt Ausschau nach Claire, doch die schien sich nicht an den weihnachtlichen Aktivitäten zu beteiligen. Also machte er sich auf den Weg, um ihr einen Besuch abzustatten.

Er klopfte kurz an ihre Tür, öffnete sie dieses Mal jedoch sofort. Das Sofa und der Sessel waren leer. Sicherheitshalber warf er noch einen kurzen Blick ins Bad, doch auch das schien verwaist.

Dorian bemerkte, wie etwas in seinem Hinterkopf Alarm schlug, etwas, das er noch nicht greifen konnte. Doch dann fiel es ihm wie Schuppen von den Augen.

WAS HAT DORIAN SO ALARMIERT?

1. **Dass jemand in Claires Zimmer war, um das Tagebuch zu suchen**
2. **Dass jemand einen neuen Hinweis auf Patient 13 hinterlassen hat**
3. **Dass Claire die letzte Nacht nicht in ihrem Zimmer verbracht hat**

1

2

3

Da Tarek die Karte zu sich gezogen hatte, musterte Dorian sie auf dem Kopf, und so fiel ihm direkt auf, dass die Buchstabenkette in Wahrheit Himmelsrichtungen waren, denen er vom Eingang aus folgen musste. So landete sein Zeigefinger schließlich beim Treppenhaus C, das ihm zuvor nicht aufgefallen war. Es musste sich hinter der Kanzel befinden und zu einem Bereich der Klinik führen, der anders nicht zugänglich war.

Dorian und Tarek warteten einen stillen Moment auf dem Gang ab und traten dann den Rückzug an. Zum Glück schien niemand ihre Abwesenheit bemerkt zu haben, auch wenn Schwester Elisabeth ihnen einen durchdringenden Blick als sie sich an den Tisch setzten, an dem die Plätzchen verziert wurden.

Der Nachmittag zog sich beinahe endlos, und Dorian konnte es kaum aushalten, nichts zu tun. Dann war es endlich so weit. Um 17 Uhr versammelten sich alle im großen Saal, und noch während die ersten Weihnachtslieder liefen und Zimtsterne gegessen wurden, überprüfte Schwester Elisabeth mit einer Liste die Anwesenheit aller Patienten. Wiedemann und Doktor Marx saßen zusammen mit den anderen Klinikangestellten an einem gesonderten Tisch.

„Mist ...“, murmelte Dorian. „Wie soll ich mich hier bloß unbemerkt davonstehlen?“ „Lass mal den Weihnachtsmann für etwas weihnachtlichen Zauber sorgen ...“, flüsterte Tarek und stand auf. Er ging in Richtung des Professors und erhob die Stimme: „Ich bin leicht wie eine Feder, selig wie ein Engel, vergnügt wie ein Schulknabe und schwindelig wie ein Trunkener. Fröhliche Weihnachten an alle Menschen!“ Jetzt, da ihm die Aufmerksamkeit der anderen gewiss war, wandte er sich an den Tisch vor ihm: „Professor Wiedemann, ich bin sicher, Sie können für den Weihnachtsmann ein kleines Gedicht aufsagen, oder? Kommen Sie doch mit mir nach vorne und machen Sie uns die Freude.“

Der Professor zögerte, aber nachdem einige auffordernde Rufe und Applaus aus dem Saal kamen, überwand er sich und folgte Tarek auf die Bühne.

Alle Augen waren auf die beiden gerichtet, und so nutzte Dorian den Moment und glitt von seinem Stuhl am Rande des Saals und schlich zu der Kanzel, in der sonst die Schwestern und Pfleger Aufsicht hatten. Auf allen vieren kroch er unter den Tischen durch sie hindurch, sodass er hinter der halbhohen Brüstung verborgen blieb.

Und da war sie. Es gab tatsächlich eine weitere Tür, die man von vorne nicht sehen konnte. Sie war mit einem vierstelligen digitalen Schloss gesichert.

Dorian spürte, wie in ihm etwas zerbrach. Wie sollte er an den richtigen Code kommen?

Da hörte er plötzlich ein Geräusch hinter sich. Er schrak herum und sah direkt in Schwester Elisabeths strenges Gesicht. Von oben herab betrachtete sie ihn einen kurzen Moment, und Dorian war sich sicher, dass sie überlegte, ob sie die Pfleger rufen oder ihn einfach selbst mit einem Elektroschocker ruhigstellen sollte.

Doch dann gingen ihre Augen mit einer kleinen Kopfbewegung nach oben, als ob sie ihm etwas zeigen wollte.

Er folgte ihrem Blick und entdeckte eine Kamera, die auf den vorderen Bereich der Kanzel gerichtet war. In seiner Position unter dem Tisch schien er vor dem Auge der Linse geschützt zu sein und so verharrte er atemlos in Schildkrötenstellung. Schwester Elisabeth wandte sich von ihm ab und schien stattdessen ein paar Notizen auf einem der Tische zu kontrollieren. Beiläufig griff sie gleichzeitig mit der linken Hand in die Tasche ihres Kittels und ließ etwas zu Boden fallen. Dann war sie auch schon wieder verschwunden.

Dorian verstand nicht genau, was eben geschehen war, aber er griff schnell nach dem Ding auf dem Boden. Es war ein blauer Umschlag. Ungläubig öffnete er ihn, denn Dorian konnte nicht fassen, dass ausgerechnet Elisabeth seine geheime Verbündete gewesen sein sollte.

Im schwachen Licht der Weihnachtsbeleuchtung las er ihre Nachricht:

Als sie Thorsten Kohl umgebracht haben, ging das zu weit, viel zu weit. Ich wollte aussteigen, aber ich hatte Angst. Ich habe nichts, außer diesem Job, und das seit vielen Jahren.

Du hattest ihr geheimes Forschungsprojekt entdeckt, aber anscheinend hast du geahnt, dass du geschnappt werden könntest und sie dein Gedächtnis manipulieren würden. Deswegen hast du Kohl eingeweiht und ihn gebeten, dir einen ganz bestimmten Satz zu sagen, falls das passieren sollte.

Darunter eine Skizze mit drei Zahlen, die ihm vermutlich einen Hinweis auf den Türcode geben sollten. Auf der Rückseite standen noch mehr Zahlen, doch hier hatte sie die Notiz „Labor“ hinterlassen, weswegen Dorian annahm, dass sie den Code für den Laborraum im Experimentaltrakt enthalten musste, was ihm vorerst noch nicht weiterhalf. Also nahm er sich das erste Rätsel vor.

WIE LAUTET DER CODE, DER DIE TÜR ENTSPERRT?

1 1225 2 1155 3 1752

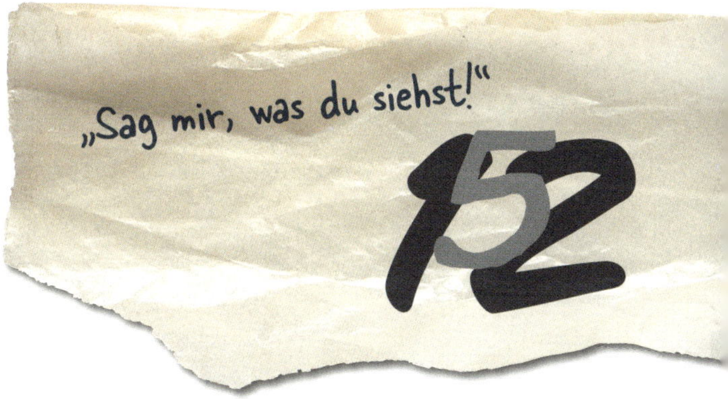

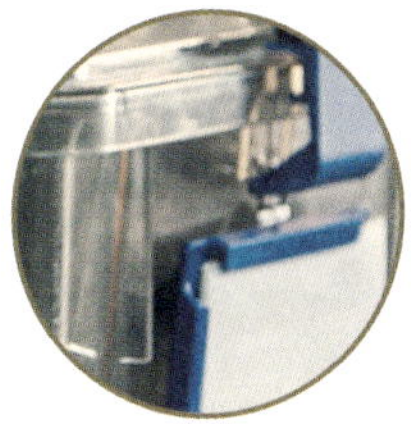

1 2 3

Wenn ein früherer Einschuss bereits Risse verursacht hatte, auf die ein neuer Sprung zulief, endete dieser dort. So konnte er im Bruchteil von Sekunden erkennen, dass der erste Schuss rechts (Loch B) getroffen haben musste.

Er hielt den Atem an, zielte und schoss. Tausende von Glasscherben fielen klirrend zu Boden und auf die Terrasse der Mensa, die direkt unter dem Aufenthaltsraum lag.

„Ihr müsst über den Vorbau runter in den Park und dann so weit weg, wie ihr könnt!", befahl Dorian.

„Und du?", brachte Claire über ihre Lippen. „Ich gehe nicht ohne meinen Bruder. Wo ist er? Lebt er noch?" Dorians Fragen waren an den Professor gerichtet. „Wir haben ihn im Experimentallabor untergebracht, es geht ihm gut, aktuell ist er allerdings im künstlichen Koma." Dorian unterdrückte seine Wut, später würde er dafür mehr Zeit haben. Stattdessen rief er hastig: „Tarek, hilfst du den beiden? Du musst auch fliehen, du weißt zu viel." Tarek nickte, und ohne ein weiteres Wort kletterten die drei vorsichtig über die scharfe Kante der Fensterscheibe.

Keine Sekunde zu früh. Denn kaum dass sie aus dem Sichtfeld verschwunden waren, betrat ein Mann in einer dunklen Designer-Daunenjacke den Raum. Markov. Er hatte die Hände in die Taschen gesteckt. Ein deutliches Symbol dafür, dass er sich nicht selbst die Finger schmutzig machte. Dorian konnte vier weitere Männer zählen, die alle bewaffnet waren und auf den kleinsten Fingerzeig ihres Chefs zu warten schienen, um ihrer Vorliebe zur Grausamkeit freien Lauf zu lassen. Ein paar Meter dahinter Doktor Marx.

„Wo ist der Professor?", fragte Markov in die angespannte Stille. Als keiner antwortete, gab er den beiden Typen neben ihm einen Wink. Mit eingespielten Handgriffen eskortierten sie Doktor Marx unsanft nach vorne.

„Er muss aus dem Fenster geflohen sein", sagte sie mit einem leichten Zittern in der Stimme. „Aber der Polizist ist noch da." Sie deutete auf Dorian.

„Ihr beiden", befahl er zwei seiner Lakaien, „folgt dem Professor, vielleicht erwischt ihr ihn noch. Wenn nicht, knöpfen wir ihn uns später vor. Jetzt räumen wir erst mal hier auf." Mit diesen Worten wandte er sich Dorian zu und musterte ihn wie ein seltenes Insekt. „Du bist also der Bulle, dem sie ein paar Gehirnwindungen rausgedreht haben." Er schien diese Vorstellung sichtlich zu genießen. „Der Professor ist wirklich gut in seinem Fach. Zu schade, dass er bei deinem Bruder Mist gebaut hat. Aber keine Sorge, ich werde ihn bald von seinem Leid erlösen."

In diesem Moment trat Schwester Elisabeth aus einer Ecke des Saales, Dorian hatte sie zuvor gar nicht bemerkt. „Wie können Sie so etwas Unmenschliches tun? Mein ganzes Leben lang habe ich es mit Menschen mit psychischen Störungen zu tun gehabt, aber so schlimm wie Sie war bisher keiner!" Sie lief auf Markov zu, ihre Arme erhoben, bereit, mit ihren geballten Fäusten auf ihn einzuschlagen. Doch der lächelte nur müde und warf sie mit einem einzigen Stoß zu Boden. Sie rappelte sich mühsam auf und stieß dann hervor: „Sie sollten lieber nicht so mit mir umgehen, ich habe Beweise gegen Sie, die Sie in große Schwierigkeiten bringen könnten."

„Beweise ... soso ... und wo sollen die sein, diese Beweise?" Er riss Elisabeth am Kragen hoch. „Ist ja gut, ich zeige Sie Ihnen ...", stotterte sie zittrig und humpelte in Richtung Kanzel. Markov folgte ihr, seine beiden restlichen Handlanger im Schlepptau. Kurz traf Elisabeths Blick den von Dorian und er sah, dass sie ihm unmerklich zuzwinkerte.

Da wusste er Bescheid: Sie hatte gar keine Beweise, sie wollte ihm nur eine Möglichkeit zur Flucht verschaffen. Dorian musste sich überwinden, er wollte die alte Frau nicht im Stich lassen, doch es war vermutlich die einzige Möglichkeit, ihr und den anderen überhaupt zu helfen.

Er stürmte in Richtung Flur, um das Treppenhaus zu erreichen. Aber gerade als er die Eingangstür des Aufenthaltsraums passieren wollte, hörte er einen lauten Schuss und den dazugehörigen Befehl: „Stehen bleiben, oder ich ziele das nächste Mal etwas höher!" Dorian stoppte abrupt im Türrahmen und hob die Arme. Er wusste, dass Markov seine Pistole genau auf seinen Rücken gerichtet hatte.

„Was fällt dir eigentlich ein, du mieser Bulle? Denkst du, du könntest mich verarschen? Dafür wirst du bezahlen. Dein Tod wird langsam und grausam sein. Aber zuerst schieße ich dir ein paar Löcher in deine schnellen Beine, damit du nicht noch einmal wegrennst."

In diesem Moment hörte Dorian einen Ruf vom hinteren Teil des Flurs. Einen Satz, der in dieser Situation so absurd klang, dass er sich fragte, ob er nun tatsächlich den Verstand verloren hatte: „Hat jemand Pizza bestellt?"

WAS SOLLTE DORIAN JETZT MACHEN?

1. **So schnell rennen, wie er kann**
2. **Sich auf den Boden werfen**
3. **Den Pizzaboten warnen**

1

2

3

„Sieh dir das an!“, rief Dorian, und nun konnte Tarek sich nicht länger zurückhalten und trat ebenfalls an den Schreibtisch, um die Dokumente zu begutachten.

„Das hier sind die Aufnahmen von verschiedenen DNA-Profilen, anscheinend haben sie die von jedem ihrer Versuchskaninchen heimlich analysiert. Brauchten sie vielleicht für den Eingriff.“

„Ja, und?“, wollte Tarek wissen. „Ist zwar nicht die feine englische Art, so etwas ohne das Einverständnis der Patienten zu machen, aber immer noch besser, als ihr Gedächtnis zu löschen.“

„Da hast du natürlich recht, aber das DNA-Profil von Patient 13 ist quasi identisch mit dem von Patient 14. Und da ich offensichtlich Patient 14 bin, bedeutet das, dass Patient 13 sehr eng mit mir verwandt sein muss. So haben sie mit Sicherheit herausbekommen, dass ich mich unter falschem Namen hier eingeschleust habe. Das erklärt auch die Notiz von Doktor Marx.“

„Verdammt ...“, war alles, was Tarek darauf einfiel. „Und wer ist jetzt Patient 13?“, hakte er dann nach.

Dorian starrte immer noch entsetzt auf die Unterlagen. Es dauerte eine Weile, bevor er murmelte: „Ich denke, es ist mein Bruder. Mein Bruder Elias.“
Er versuchte noch einmal mit aller Gewalt, die schwarzen Flecken in seinem Gehirn wieder mit Erinnerungen zu füllen, die verschlossenen Türen aufzustoßen, doch sein Weg endete immer wieder bei dem Adventskaffee.

Seine Eltern waren angespannt und besorgt gewesen, weil sie nun schon seit drei Wochen nichts mehr von Elias gehört hatten. Auf ihre Anrufe hatte er nicht reagiert, und so waren sie spontan zu seiner neuen Wohnung gefahren, doch auch dort hatte ihnen niemand geöffnet. Dorian hatte ihnen gesagt, dass Elias ein erwachsener junger Mann war, der ein Recht auf seine Privatsphäre hatte, ihnen aber im gleichen Atemzug versprochen, selbst mit ihm Kontakt aufzunehmen.

In den darauffolgenden Tagen musste er herausgefunden haben, dass Elias sich zuletzt in dieser Klinik aufgehalten hatte, und dann hatte er sich vermutlich auf eigene Faust unter falschem Namen hier einschleusen lassen, um in Erfahrung zu bringen, was mit seinem Bruder passiert war.

„Elias hat der Selbstmord seines Zwillingsbruders sehr belastet“, erklärte Dorian Tarek. „Nicht nur weil er Arthur in der Badewanne gefunden hat, sondern auch weil er sich große Vorwürfe deswegen gemacht hat Arthur hatte ihn am Vortag darum gebeten, ihn in der Wohnung allein zu lassen. Und Elias war diesem Wunsch trotz einer schlechten Vorahnung nachgekommen. Er fühlte sich verantwortlich für den Tod unseres Bruders. Was natürlich absurd ist! Aber ich kann mir gut vorstellen, dass er bereit war, die Erinnerung an diese beiden Tage um jeden Preis zu löschen. Auch wenn das bedeutete, an einem geheimen Experiment teilzunehmen und dafür sogar die Anmeldeunterlagen zu fälschen und so zu tun, als hätte er keine Angehörigen mehr.“
Tarek stieß die Luft zwischen den Zähnen aus. „Keine Reue ist so schmerzhaft wie die vergebliche ... Aber was willst du jetzt tun? Die Unterlagen einsammeln, abhauen und Alarm schlagen?“

„Das würde ich gerne, aber erstens glaube ich nicht, dass die mich so einfach rauslassen. Schließlich können sie jederzeit behaupten, ich sei verrückt. Und zweitens habe ich keine Zeit, um einen Fluchtplan zu schmieden. Ich muss Elias hier rausholen, aber ich muss auch Claire finden, und zwar so schnell wie möglich. Ich weiß jetzt, was für Wiedemann auf dem Spiel steht und was er bereit ist zu tun, um sein Projekt zu schützen."

„Schön und gut, aber wie sollen wir das anstellen?", fragte Tarek und strich sich über die kurzen, schwarzen Haare, ganz so, als ob er den Schutz seiner Zipfelmütze vermissen würde.

„Wir?", fragte Dorian. „Was denkst du denn, junger Freund? Dass der Weihnachtsmann dich im Stich lässt? Und das kurz vor dem Heiligen Abend?" Tareks Gesicht hellte sich auf. „Und ich habe gerade eine Idee bekommen, was wir machen werden!", freute er sich. „Wir nutzen die Weihnachtsfeier heute Abend! Da werden alle im großen Saal sein, auch Wiedemann, Doktor Marx, Schwester Elisabeth und die anderen Ärzte und Pfleger. Freie Bahn für uns!"

Dorian nickte widerwillig. Es widerstrebte ihm, einen Zivilisten in Gefahr zu bringen, doch er ahnte, dass er mit Argumenten nicht gegen Tareks Weihnachtsmannehre ankommen würde. Er erinnerte sich an die Drohung, die er in seinem Zimmer gefunden hatte. Er hatte ohnehin nur noch einen Tag Zeit. Würden sie Claires oder seine Erinnerungen dann für immer löschen? Seine Gedanken rasten, trotzdem versuchte er ruhig zu bleiben. „Wir werden erst mal herausfinden müssen, wo die beiden sich befinden. Wo könnte dieser Experimentaltrakt versteckt sein?"

„Vielleicht hilft uns ja diese Karte weiter …", vermutete Tarek und deutete auf einen Plan.

WIE KOMMEN SIE ZUM EXPERIMENTALTRAKT?

1. Über Raum B
2. Über Treppenhaus C
3. Über Treppenhaus A

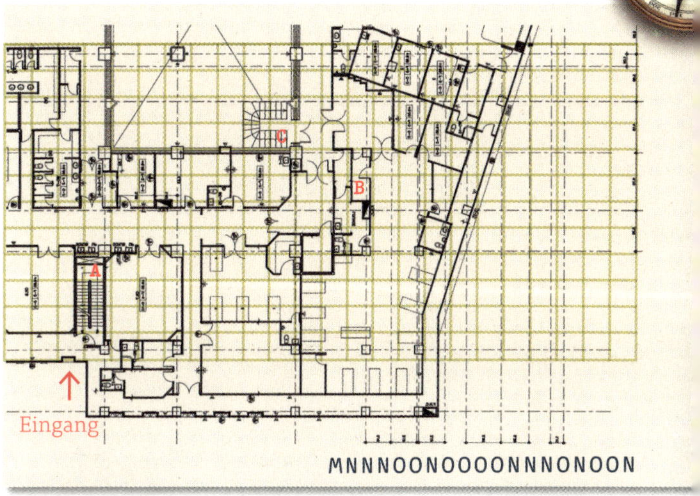

1

2

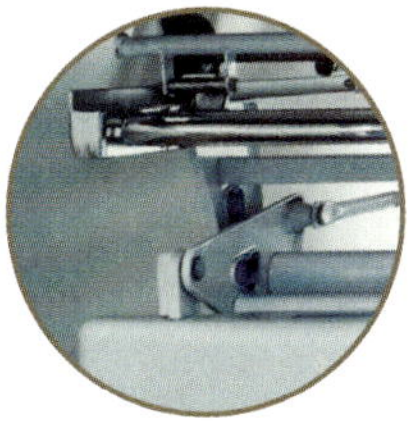

3

Dorian konnte es immer noch nicht fassen. Aber tatsächlich ergab alles plötzlich einen Sinn. Der Satz, den Kohl ihm zugerufen hatte, bevor er aus dem Zimmer entfernt wurde, hatte ihn zu dem ersten Hinweis am Spiegel geführt. Es fiel ihm wie Schuppen von den Augen: Er selbst hatte sich die versteckte Nachricht dort hinterlassen, damit er Wiedemann erneut auf die Schliche kommen konnte, selbst wenn dieser sein Gedächtnis gelöscht haben sollte. Kein Wunder, dass er dafür Rätsel gewählt hatte, schließlich hatte er gewusst, dass er in der Lage sein würde, sie zu lösen, während jemand anderer nur nutzloses Kauderwelsch vorgefunden hätte.

Auch Elisabeth war wohl diesen Weg gegangen, um sich selbst zu schützen. Jetzt wünschte er sich allerdings, sie hätte ihm den Code einfach gesagt, denn er starrte wie gelähmt auf die drei Zahlen, die keinen Sinn ergeben wollten. Dann rastete etwas in seinem Gehirn ein und er formulierte einfach, was er sah: eine Fünf vor Zwölf, übersetzt in eine vierstellige Uhrzeit ergab das 11:55 Uhr.

Er kroch zum Eingabepad, tippte die Zahlen ein und stieß erleichtert die Luft aus, als die Tür sich tatsächlich öffnete.
Er betrat ein schmales, steriles, fensterloses Treppenhaus mit metallenem Geländer. Wie ein Schlund führten ihn die Treppen tiefer und tiefer hinab, und er war sich plötzlich sicher, dass er sich noch unter dem Sektionssaal und dem Leichenkeller befinden musste. Keine einzige Tür ging ab, bis auf die, die ihn am Fuße der Treppe erwartete.

Dahinter fand Dorian keinen muffigen, engen Keller, sondern eine komplett ausgestattete Laborabteilung. Auch wenn die Räumlichkeiten selbst noch aus der Zeit des Kalten Krieges zu stammen schienen, wirkten die Einrichtung und die Geräte absolut modern. Dorian fragte sich, wo er zuerst nach Claire und seinem Bruder suchen sollte. Er wandte sich nach links und fand dort eine Tür, die zu einem kleineren Versuchsraum führte. An den Wänden gab es eine ganze Reihe von Plastikkäfigen, aus denen es leise quiekte, als er den Raum betrat. Vor einem Mikroskop hatte jemand sein Wasserglas stehen lassen, gerade so, als ob vor Kurzem hier noch gearbeitete worden wäre. Dorian lief es eiskalt den Rücken hinunter, als er sich vorstellte, wie den kleinen Nagern der Schädel aufgeschnitten und ihr Gehirn in Scheiben filetiert und bei maximaler Vergrößerung untersucht wurde.

Da hörte er plötzlich, wie sich die Tür hinter ihm öffnete.
Er wirbelte herum und stand Doktor Marx gegenüber. Ihre Augenbrauen schossen nach oben. „Hier haben Patienten keinen Zutritt!"
„Wo ist Claire?", hielt Dorian dagegen. „Sie ist seit gestern Nacht verschwunden, und ich weiß, dass ihr sie in eurer Gewalt habt. Lasst sie sofort gehen, dann können wir über alles reden."

Die blonde Ärztin fixierte ihn einen Moment lang, so, als überlege sie, ob sie auf Dorians Angebot eingehen solle, dann sagte sie: „Sie werden über gar nichts reden, wenn Sie nicht wollen, dass Ihrer Freundin etwas passiert, dann werden Sie jetzt ganz genau tun, was ich sage."

„Was sollte mich daran hindern, Sie einfach zu überwältigen und einzusperren?"
„Dass nur ich Claire noch retten kann", sagte sie trocken. „Professor Wiedemann bereitet sie aktuell auf eine Gedächtnisextraktion vor. Wenn Sie auf mich hören, werde ich das Prozedere unterbrechen und dem Professor sagen, dass Sie beide auch so kooperativ sind. Wenn Sie mich hier festhalten, wird nichts Ihre stumme Freundin retten können."

Dorian verkrampfte sich. Dann schluckte er hart und sagte: „Was soll ich tun?"

„Braver Junge. Zuerst legst du deine Hände auf den Rücken.“ Sie holte eine Rolle Klebeband aus einer der Schubladen und wickelte es so fest um Dorians Handgelenke, dass es einschnitt. Dann wiederholte sie den Vorgang an den Füßen. Zu guter Letzt band sie ihn auf einem Schreibtischstuhl fest, sodass er sich kaum noch rühren konnte, und klebte ihm den Mund zu.

„Das hast du gut gemacht“, lobte sie ihn sarkastisch. „Jetzt wirst du uns wenigstens nicht mehr stören. Und später kümmern wir uns noch mal um dein Gedächtnis. Diesmal sollten wir beim Löschen vermutlich ein bisschen großzügiger sein als bei deinem Bruder. Oder wir spritzen dich einfach ins Delirium, da hattest du ja schon einen kleinen Vorgeschmack.“ Sie warf ihm ein Haifischlächeln zu und verließ den Raum.

Dorian spürte Wut und Verzweiflung in sich aufsteigen wie bittere Galle. Er saß genauso in der Falle wie die kleinen Ratten in ihren Käfigen, die nur auf ihren Tod warteten.

Aber er musste Claire und Elias irgendwie helfen. Er sah sich in dem Raum um, kein Skalpell oder Ähnliches, mit dem er sich hätte befreien können. Da hatte er plötzlich eine Idee, einen Strohhalm nur, aber er war entschlossen, seine einzige Möglichkeit zu nutzen.

WAS TUT DORIAN JETZT?

1. Er rollt gegen den Schreibtisch
2. Er rollt zur Tür
3. Er macht das Licht aus

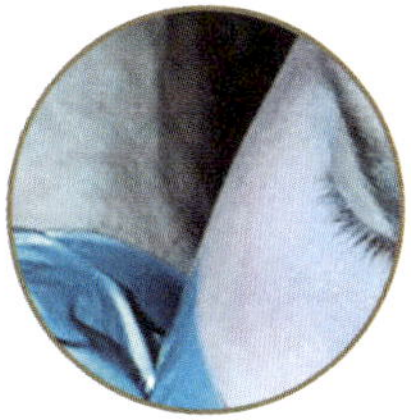

1

2

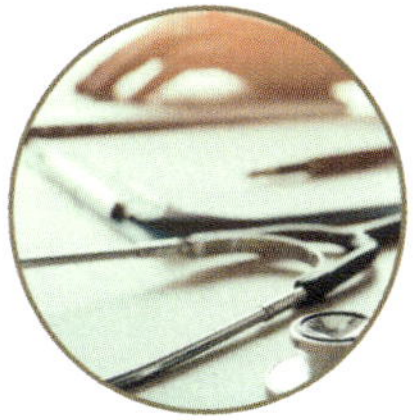

3

Pizza. Dorian fühlte sich sofort in die Nacht vor zwei Monaten zurückversetzt. Es war der gleiche Codesatz, den er bei dem Undercovereinsatz mit Tobias vereinbart hatte. Genau wie damals warf er sich ohne jedes Zögern zu Boden. Ein Schuss hallte in seinen Ohren, dann direkt vier weitere hinterher.

Vorsichtig wagte er sich umzudrehen und sah Markov, der sich stöhnend die blutige Hand hielt. Seine Pistole lag einen Meter von ihm entfernt auf dem Linoleum. Die anderen beiden Männer hatten die Kugeln in die Schulter getroffen. Keine tödlichen Wunden, doch schmerzhaft genug, um sie zu Boden zu schicken, wo sie sich hilflos wanden. Dorian rollte sich geistesgegenwärtig zu ihnen hinüber und sammelte schnell die Waffen ein, die den beiden Männern entglitten waren. Die Pistole neben Markov schnappte sich Beilmann. Schneller, als Dorian reagieren konnte, verpasste sein Mitinsasse Markov einen so gewaltigen Kinnhaken, dass dieser bewusstlos zu Boden ging, dann übergab er die Pistole mit einem Grinsen an Dorian. „Niemand schubst ungestraft Schwester Elisabeth", sagte er und setzte sich seelenruhig auf den bewusstlosen Gangsterboss.

„Dorian! Bist du okay?", hörte er jetzt eine ihm nur allzu bekannte Stimme vom Ende des Ganges her, und eine Woge der Erleichterung schwappte über ihn hinweg. Tobias trat hinter einem Tablettwagen hervor, der im Gang gestanden und dem Polizisten die nötige Deckung gegeben hatte. „Ich denke schon", hörte Dorian sich selbst sagen. „Ich glaube, selten war jemand so froh, seinen Chef zu sehen, wie ich gerade. Bist du allein? Dann ruf besser Verstärkung, ich denke, die können wir gut gebrauchen. Aber was machst du überhaupt hier?"

„Na, dich rausholen. Wie vereinbart. Weißt du nicht mehr?" Dorian schüttelte den Kopf. „Ich habe da ein paar Gedächtnislücken. Erzähl ich dir später." Tobias neugieriger Blick durchdrang ihn, doch der erfahrene Polizist verstand, dass Dorian jetzt keine Fragen, sondern Antworten brauchte. „Die letzte Spur deines Bruders hatte dich doch in diese Klinik geführt. Und weil du auf offiziellem Wege nicht weitergekommen bist, hast du beschlossen, dich hier heimlich einzuschleusen. Als ich das rausbekam, habe ich dich natürlich zur Rede gestellt. Aber du bist eben ein Sturkopf, und weil ich wusste, dass du es mit oder ohne mein Einverständnis machen würdest, bestand ich auf einer Abmachung: Du hattest sieben Tage Zeit. Falls du bis zum Heiligen Abend deinen Bruder nicht finden solltest, würde ich dich aus der Klinik rausholen. Deswegen bin ich heute hier. Ich hatte schon die Vermutung, dass irgendetwas faul war, weil du dich nicht gemeldet hast. Also habe ich das Gebäude heute ein bisschen aus dem Auto heraus observiert, war ja mein freier Tag. Wollte wissen, ob ich hier morgen mit der Kavallerie anrücken muss. Als ich gesehen habe, wie Markov und seine Männer die Klinik gestürmt haben, bin ich sofort aus dem Wagen gestiegen und ihnen gefolgt. Natürlich erst, nachdem ich Verstärkung angefordert hatte."

Draußen hörte Dorian jetzt mehrere Polizeisirenen. „Dann war der Zettel mit der tickenden Uhr von dir?", fragte er, immer noch bemüht, alle Knoten zu entwirren. „Genau, es war meine einzige Möglichkeit, mit dir Kontakt aufzunehmen. Schwester Elisabeth war mir eine große Hilfe."

In diesem Moment brummte etwas in Tobias' Jackentasche, er holte sein Handy hervor und nahm den Anruf an. „Der Chef der Klinik und seine Tochter sitzen wohlauf bei den Kollegen im Wagen, die beiden Typen, die sie verfolgt haben, wurden verhaftet", informierte er Dorian, dem ein Stein vom Herzen fiel. „Und da ist noch ein Typ dabei, der behauptet, der Weihnachtsmann zu sein. Er hat die Kollegen Weihnachtslieder vorsingen lassen." Dorian konnte sich ein Grinsen nicht verkneifen.

„Sehr gut. Aber jetzt will ich endlich zu meinem Bruder", erklärte er seinem Kollegen entschlossen. „Bleib du hier und halte die drei in Schach. Die Frau Doktor solltest du besser auch nicht aus den Augen lassen, sie war im Team der Bösen. Wenn du Hilfe brauchst, Schwester Elisabeth ist sehr kompetent im Umgang mit unbequemen Zeitgenossen." Bei diesen Worten passierte etwas Seltsames. Schwester Elisabeths Gesicht veränderte sich. Ein Lächeln zog sich über ihre Lippen und ließ sie zehn Jahre jünger erscheinen. Dann wurde ihr Blick wieder ein wenig strenger: „Sie gehen nirgendwo hin, bevor ich Ihre Schnitte an den Handgelenken verarztet habe."

Dorian ließ sich ergeben auf einen Hocker sinken und beobachtete, wie Elisabeth sich mit sicherer Hand um seine Wunden kümmerte. Auch sein Bruder würde heilen. Er wusste, dass Elias noch einen langen Weg vor sich hatte. Aber zumindest war er jetzt in Sicherheit. Dorian würde ihn nach Hause bringen und ihm die ersten zehn Jahre seiner Kindheit einfach erzählen. Sie würden als Familie zusammen sein. Schließlich war Weihnachten – und sie hatten jede Menge Zeit.

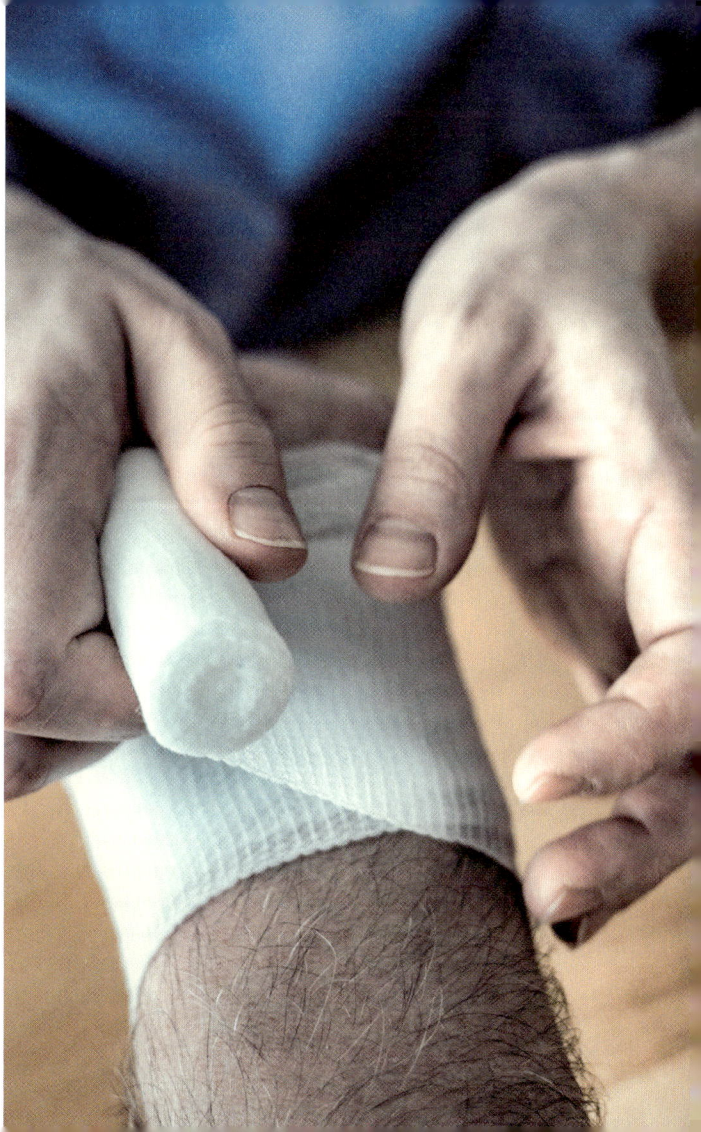

MÜNCHNER POST

15.2.2024

Wiedemann beendet Forschung zur Gedächtnisextraktion

Der Leiter des Hospitals Seewinkel, Professor Bernhard Wiedemann, hatte erste vielversprechende Experimente durchgeführt, die nahelegten, dass eine gezielte Löschung einzelner Erinnerungen möglich sei. Trotzdem stoppte er nun seine wissenschaftliche Arbeit an dem Projekt und wird auch keine Veröffentlichung dazu verfassen. „Diese Forschung ist einfach zu gefährlich“, gab Wiedemann zu bedenken. „Sie stellt uns vor viele moralische Fragen. Bleiben wir der gleiche Mensch, wenn wir Teile unserer Erinnerungen verlieren? Wir haben uns dazu entschlossen, alle Ergebnisse zu vernichten und die frei gewordenen Kapazitäten für unsere Demenz-Forschungsabteilung zu nutzen.“

Mit den Ergebnissen der bisherigen Experimente könnte laut Wiedemann eine völlig neue Therapiemethode für Demenzpatienten entwickelt werden. Erste Hoffnung gaben Versuche, bei denen Patienten mit Gedächtnisextraktion Teile der gelöschten Erinnerungen bereits zurückgegeben werden konnten.

Aus dem bisherigen Forschungsteam ausgeschieden ist die ehemalige stellvertretende Leiterin Sabine Marx. Sie muss sich vor Gericht wegen mehrerer grober Behandlungsfehler und Körperverletzung verantworten. Insider behaupten, dass auch Wiedemann involviert gewesen sein soll. Er habe jedoch als Kronzeuge gegen den Chef eines deutschlandweiten Verbrecherclans ausgesagt und sich so Straffreiheit gesichert.

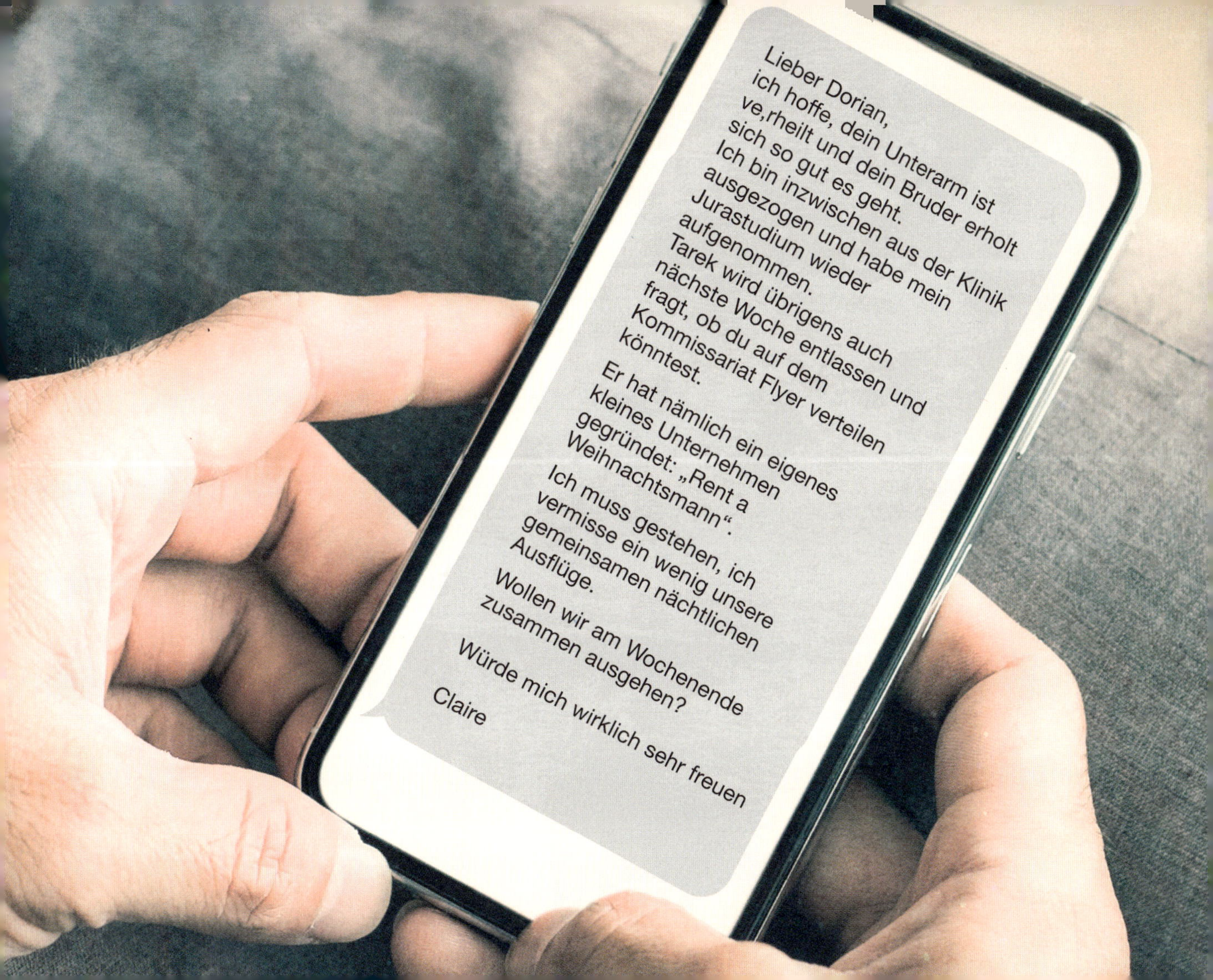
Lieber Dorian,
ich hoffe, dein Unterarm ist
ve,rheilt und dein Bruder erholt
sich so gut es geht.
Ich bin inzwischen aus der Klinik
ausgezogen und habe mein
Jurastudium wieder
aufgenommen.
Tarek wird übrigens auch
nächste Woche entlassen und
fragt, ob du auf dem
Kommissariat Flyer verteilen
könntest.
Er hat nämlich ein eigenes
kleines Unternehmen
gegründet: „Rent a
Weihnachtsmann“.
Ich muss gestehen, ich
vermisse ein wenig unsere
gemeinsamen nächtlichen
Ausflüge.
Wollen wir am Wochenende
zusammen ausgehen?
Würde mich wirklich sehr freuen
Claire

Impressum

IDEE, TEXT UND KONZEPT
Eva Eich

BILDNACHWEIS
Covermotive: www.shutterstock.com: Monika7, sutlafk
Motive Innenteil: www.shutterstock.com: 9DeSign.ChiangMai, ABB Photo, Alhim, Alila Medical Media, Andrey_Kuzmin, Anna Vaczi, Aquarius Studio, Arnon.ap, Arthiti Kholoet, ASDF_MEDIA, Banglens, BigPixel Photo, Billion Photos, Boris Medvedev, Boris Rabtsevich, Branislav Nenin, Brian A Jackson, Carlo Prearo, Carrastock, ch123, DaniLana, djrandco, Dmitry Rukhlenko, Drazen Zigic, DROPERDER, F16-ISO100, fizkes, FocusStocker, GaudiLab, givaga, hddigital, HTWE, hxdbzxy, Ievgenii Meyer, ImageFlow, Inspiration GP, Iryna Rahalskaya, jamesteohart, Joe Gough, Katanphoto, Kichigin, koosen, Kopytin Georgy, Kristin Smith, Kutepova_Maria, kwanchai.c, legenda, lenetstan, Lissandra Melo, logoboom, Maleo, Marcel Derweduwen, Maridav, Mega Pixel, Mehmet Cetin, Melica, Mikhail Turov, Milkovasa, monofaction, Monticello, nadianb, Nasri.3d, Ninell, NWStock, Ografica, panitanphoto, Pavel Talashov, Photo Kozyr, Pitchyfoto, Pixel Embargo, Pkpix, PrimeMockup, rangizzz, rawf8, rdonar, Rein Trotzuk, Review News, Reza _FOTO, Rikke, robbin lee, Room27, Sahara Prince, Sanit Fuangnakhon, Sapozhnikov -Shoes Georg, sarawut panchawa, sebra, SeluGallego, Sensay, Sonate, Songquan Deng, Stanna020, stockphoto-graf, tanuha2001, Tewan Banditrakkanka, Vladeep, wanchai, wavebreakmedia, wowartphoto, Wpixz, wutzkohphoto, Zolnierek

Covergestaltung: Grafisches Atelier, arsEdition GmbH
Innengestaltung: Marielle Enders, www.itsme-design.de

ISBN 978-3-8458-5405-2
1. Auflage

www.arsedition.de

MIX
Papier | Fördert gute Waldnutzung
FSC® C002795
FSC www.fsc.org